高慢女社長　艶めく美尻

早瀬真人
Mahito Hayase

JN118560

イースト・プレス 悦文庫

目次

高慢女社長　艶めく美尻

プロローグ

「あ、あぁン」

自社のエレベータを降りた瞬間、野々村貴和子《ののむらきわこ》はどこからか聞こえてくる艶声《つやごえ》に眉《まゆ》をひそめた。

時刻は午後十時を過ぎ、残業している社員はいないはずなのだが……。

耳を澄ましたものの、あたりは静まり返り、人の気配は感じられない。

(気のせいかしら?)

薄暗い廊下が不気味な印象を与え、背筋がゾクリとする。

一歩踏みだしたとたん、またもや女の声が聞こえ、貴和子はハッとしてたじろいだ。

総務部の扉が微《かす》かに開いており、照明の明かりが廊下に洩《も》れている。社員がいるのは間違いなく、甘い声音はふしだらな行為の最中としか思えない。

(困ったわ……残りの仕事を今日中に仕上げたいのに。あの前を通らなければ、部屋に戻れないじゃない)

スマートフォンやタブレットを入れたバッグを忘れなければ、今頃は自宅でひと仕事しているはずだったのに……。

歯ぎしりしたところで事態は変わるはずもなく、貴和子は仕方なく足音を忍ばせて歩きだした。

素知らぬ顔で通りすぎ、忘れ物を手に素早く引き返せばいいのだ。

(それにしても、不謹慎だわ……いったい、誰なの？)

憤怒《ふんぬ》の念が込みあげるも、扉を開けて叱責《しっせき》する度胸はなく、女社長は真正面を見据えて歩を進めた。

果たして、室内で何が行われているのか。

気にならないと言えば嘘《うそ》になるが、絶対に見てはいけない。

そう思いながら部屋の前を通りすぎようとした刹那《せつな》、やけに甘ったるい声が耳《じ》朶《だ》を打ち、無意識のうちに扉の隙間《すきま》に視線を振った。

(……あっ!?)

女性がデスクの上に腰かけ、床に跪《ひざまず》いた男性が股《また》のあいだに顔を埋《うず》めている。

ぴちゃぴちゃと淫靡《いんび》な音が響くたびに、女は口の隙間から吐息混じりの喘《あえ》ぎ声を放った。

「あ、あぁ……いい、いいわぁ」

「すげえや、いやらしい汁がどんどん溢《あふ》れてくる」

「うっふぅン、だめ、あぁぁン」

猫撫《ねこな》で声が耳にまとわりつき、顔がカッと熱くなる。

男は総務課長の松下駿也《まつしたしゅんや》で年齢は三十代後半、女は経理担当の大場真由美《おおばまゆみ》で三十代前半だったか。二人とも既婚者なのに、道ならぬ関係にあるばかりか、社内で不適切な営みに耽《ふけ》っているのだ。

あまりの衝撃に足が竦《すく》み、その場から一歩も動けない。

獣じみた行為を、貴和子は瞬《まばた》きもせずに見つめた。

「今度は、俺のもしゃぶってくれよ」

松下が立ちあがりざまチャックを下ろし、ズボンの合わせ目から男根を引っ張りだす。

張りつめた亀頭、がっちりした肉傘、ミミズをのたくらせたような静脈。隆々とした漲《みなぎ》りに、意識せずとも胸が騒いだ。

「あぁン、強引なんだから」

真由美は床に下り立ち、舌先で唇を悩ましげになぞる。そのまま腰を落とし、肉幹に指を絡めてシュッシュッとしごいた。

彼らは真横を向いており、破廉恥な振る舞いは丸見えの状態だ。

「やだ、もう出てる」

「君がいやらしいから、カウパーが漏れたんだよ」

男の欲望は、すでに頂点に達しているのだろう。鈴口から透明な雫《しずく》が滴り落ち、ほっそりした指を穢《けが》していく。

女は裏茎をチロチロと舐《な》め、横べりにソフトなキスを何度も見舞った。

「おっ、おっ」

「ふふっ、いつもより昂奮《こうふん》してるみたい」

「やっぱり……スリルがあるからな……くうっ、たまらないよ……は、早くしゃぶってくれ」

松下が切なげに懇願した直後、真由美は怒張をがっぽり咥《くわ》えこみ、根元までズズッと招き入れた。

「お、ふうぅっ」

「ン、ぷぷっ」

顔が引きあげられるや、口唇の狭間《はざま》から唾液がこぼれ落ち、男根が照明の光を反射して玉虫色に輝く。

女はすぐさま顔を打ち振り、じゅっぽじゅっぽと卑猥《ひわい》な吸茎音が響き渡った。

（ああ……いやっ）

身体の芯《しん》が火照り、知らずしらずのうちに腰がくねりだす。

最後に男と肌を合わせたのは四年前、三十七歳のときだったか。

貴和子は服飾の専門学校を卒業したあと、デザイン会社に就職し、二十四で結婚、翌年には一人娘を生み、夫の浮気が原因で二十六のときに離婚した。

おさな子を抱えて塞ぎこんでいるわけにはいかず、副業で下着の通販事業に乗りだし、順調に業績を伸ばしていった。

五年後には会社を興し、現在は東北の地方都市に四階建てのビルを所有。従業員六十名を雇用している。

もともとアグレッシブな性格からか、社長になっても企画デザインに営業と忙しい毎日を送り、店舗販売にも力を注いだ。

仕事への不満はないが、恋愛運のないことが唯一の悩みかもしれない。

二十九と三十四のときに年上の恋人ができるも、こちらも相手の浮気で破局してしまったのだ。

男は懲りごりのはずなのに、四十一の熟れた肉体は性的な欲求を溜《た》めていたのか、下腹部がムズムズしだし、襞《ひだ》の狭間から愛の泉が溢れだす。

ブラジャーの下の乳首もしこり、子宮の奥がキュンとひりついた。

「立てよ、挿《い》れるから！」

「……え？」

「早く」

松下はズボンとパンツを下ろし、下腹部を剝《む》きだしにする。そして真由美を強引に立たせたあと、身体を逆向きにさせて背を押した。

「ちょっ……本気なの？」

「ああ、ホテルまで我慢できないよ」

デスクに俯《うつぶ》せになった女は不安げな顔をするも、男の目は充血し、獣じみた性欲に衝《つ》き動かされているとしか思えない。

スカートが捲《まく》られ、レース地のショーツが下ろされる。丸々としたヒップが晒《さら》され、臀裂《でんれつ》の下方から恥丘の膨らみが覗《のぞ》く。

（う、嘘でしょ）

松下は男根を握りしめ、ぱっくり割れた秘裂に亀頭の先端をあてがった。

「む、むうっ」

「あ、ンぅぅぅっ」

にちゅちゅちゅちゅと卑猥な肉擦れ音が響き、女の目が一瞬にして虚《うつ》ろと化す。

腰がゆったり引かれると、大量の愛液をまとった剛直が妖《あや》しく照り輝いた。

男は尻肉を割り開き、軽やかなピストンを開始する。逞《たくま》しい男根が膣内への抜き差しを繰り返し、恥骨がまろやかなヒップをバチンバチンと叩《たた》く。

「はっ、や、やぁぁぁっ」

湿った吐息が耳に届くや、貴和子は喉をコクンと鳴らした。

彼女の表情は羨《うらや》むほどあでやかで、女の悦《よろこ》びに浸っているのは明らかだ。

（い、いやらしい）

他人の情事を初めて目《ま》の当たりにし、牝《めす》の本能がざわつく。

「あンっ、あンっ、いい、いいっ」

「ぬ、おおっ」

よほど昂奮しているのか、男は目にもとまらぬ速さで腰を振りたて、やたら生白い尻肉の表面がさざ波状に揺れた。

迫力ある男女の営みに愕然《がくぜん》とし、体温が急上昇する。

不謹慎な行為に対する怒りは消え失せ、視線が結合部の一点に注がれた。

(ああ、すごい、すごいわ)

男日照りの肉体には刺激が強く、にっちゅくっちゅと響き渡る猥音も熟女の性感をことさら高めた。

「ああ、気持ちよすぎて、すぐにイッちまいそうだ!」

「はぁぁ、わ、私も……あっ、くふぅっ」

ピストンのピッチが上がり、恥骨がヒップをこれでもかと叩く。貴和子は舌先で唇をなぞり、疼《うず》く股間を両手で押さえつけた。

そうでもしなければ、内からほとばしる情欲を抑えられなかったのだ。

「お、お、だ、出すぞ」

「いや、イクっ、イッちゃう!」

松下は腰をガツンと繰りだしたあと、膣からペニスを引き抜き、愛液にまみれた胴体を自らの手でしごいた。

真由美も性の頂にのぼりつめたのか、腰をエンストした車のごとくわななかせる。亀頭の先端から白濁液が噴きあがり、ヒップに降り注ぐと、貴和子は意識を朦朧《もうろう》とさせた。

内股をすり合わせるたびに陰核がひしゃげ、青白い性電流が何度も背筋を這《は》いのぼるのだ。

（あ、ああ……やぁあぁっ……私もイキそう）

従業員の情交を覗き見しながら、絶頂に達してしまうのか。

はしたない行為に屈辱や後ろめたさはあるものの、快感の奔流に足を掬《すく》われ、頭の中が真っ白になる。

（あ、あ……イクっ、イクっ）

熟女は腰をぶるっと震わせたあと、エクスタシーの波に呑《の》みこまれていった。

第一章　美人女子大生との甘美な情交

1

「あなた、それでも男なの！」

全社員の見ている前で、鈴原太一《すずはらたいち》は女社長から厳しい叱責を受けた。

ランジェリー販売会社「Ｊｏｙ＆Ｋｉｓｓ」に転職して二年目を迎えるも、小口の契約を一件しか結べず、営業成績は入社当初から圧倒的な最下位を走りつづけている。

ダメ社員は認めるし、怒られるのも慣れっこだが、この日の社長は機嫌が悪く、パワーハラスメントとしか思えぬ言葉を何度も口にした。

図太い神経の太一もさすがに怒りの感情が込みあげ、拳《こぶし》を握りしめる。

（この気の強さがなければ……最高の女なのに）

清潔感溢れるセミロングのボブヘア、流麗な弧を描く細眉にアーモンド形の目、すっと通った鼻梁《びりょう》に上品な唇。最初に相対したときは美しさに息を呑み、宝物を見つけた少年のように胸がときめいたものだ。

太一より十二歳年上でも、年齢差はまったく気にならなかった。甘い妄想を描いてはオナニーを繰り返したものの、ここ数カ月で彼女への想いは萎《しぼ》み、我慢の限界に達している。

おっとりした性格では人の上に立つことはできないのだろうが、あまりにもかわいげがなさすぎる。

(特に、今日はひでえや……何も、みんなの見てる前でがなりたてなくてもいいのに)

何にしても、今は嵐が過ぎ去るのを待つしかない。

反省を装い、肩を落として俯《うつむ》くと、貴和子は思いも寄らぬ言葉を投げかけた。

「帰りなさい」

「……え？」

「今日はもういいから、一人でよく考えなさい」

「あ、あの……まだ……五時前ですが」

「帰りなさいって、言ってるの！」

柳眉《りゅうび》を逆立てた表情を目にした限り、冗談を言っているとは思えない。

周囲の空気もピンと張りつめ、重苦しい雰囲気に渋い顔をする。

「わ、わかりました……帰らせていただきます」

デスクに戻ろうと歩きかけた刹那、背後から小さな溜め息が聞こえた。

もしかすると貴和子は、結果云々《うんぬん》よりも、やる気を見せてほしかったのかもしれない。本来なら許しを請うべきなのだろうが、今は屈辱感のほうが勝り、反省する気はとうてい起きなかった。

自分のデスクに戻るやバッグを手に取り、社員らの冷ややかな視線を受けながら部署をあとにする。

(ちっくしょ！　マジで辞めてやろうか!!)

憤然としてビルを出たものの、己の力不足は痛感せざるをえなかった。

売上を伸ばす努力はしたのか、営業先への対応に問題はなかったか、それともこの仕事が向いていないのか。

いくら考えても答えは出せず、太一は天を仰いで嘆息した。

「はあっ、そう簡単に俺自身は変えられないし、もう……どうにでもなれよ」

自分の長所は気持ちの切り替えが早く、いつまでも思い悩まないことだ。

人生において、何がよくて何が悪いのか、あとになってみなければわからず、「人間万事、塞翁《さいおう》が馬」を座右の銘にしている。

「反省したり深く考えるなんて、俺の性に合わねえや」

太一は苦笑を洩らし、先ほどの不愉快な出来事を頭から追い払った。

(にしても、こんな早い時間に帰るなんて初めてだな。どっかで一杯やるか、それとも……)

牡《おす》の本能が頭をもたげ、ズボンの下のペニスがピクリと反応する。

交際していた女性と別れてから半年。性欲はもっぱら風俗店で発散していたが、しばらく利用しておらず、女の肌がやけに恋しい。

(自家発電もしてないし、溜まりに溜まってるもんな)

一度火のついた淫欲は鎮まらず、太一は歩道の端に寄るや、尻ポケットからスマホを取りだした。

ブラウザを起ちあげ、真剣な表情で風俗情報サイトを閲覧する。

(ソープかヘルスか、どっちにすっか……久々にM性感もいいかもな)

風俗嬢の写真を見つめつつ生唾を飲みこんだ瞬間、メッセージアプリの通知音が鳴り、太一は目を大きく見開いた。

「あ……優菜《ゆうな》ちゃん？」

思いも寄らぬ連絡に、心臓がバクンと大きな音を立てる。

優菜とはＳＮＳを通じて知り合い、半月前までアニメやゲームの話で盛りあがった女子大生で、住まいが近いことがわかり、ゴールデンウイークに会う約束を交わした。

さほどの期待はなく、暇つぶし程度に考えていたが、目の前に現れた女性はあまりにも魅力的すぎた。

黒艶溢れるロングヘア、涼しげな目元、小さな鼻にサクランボのような唇。アイドル顔負けの可憐《かれん》さに、一瞬にして心を奪われてしまったのだ。

乙に澄ますこともなく、洒落《しゃれ》たカフェに移動したあとは連絡先を交換し、以前からの知り合いのように話が弾んだ。

今となっては、思い返しただけで恥ずかしい。

元カノとの別れが影響したのか、この人こそ運命の人ではないかと舞いあがり、初対面にもかかわらず、交際を申しこんだのだ。

童貞少年でもあるまいに、三十路《みそじ》間近の男が本能剝きだしで気負っているのだから、さぞかし面食らったことだろう。

お互いのことを知ってからという返事は至極まっとうなもので、二十一歳の女子大生にとっては精いっぱいの配慮だったに違いない。

ところが太一は納得できず、別れ際に優菜を抱き寄せ、瑞々《みずみず》しい唇を奪ってしまったのである。美女はさすがに気色ばみ、逃げるようにその場をあとにした。

ようやく自身の愚かさに気づいたものの、もはやあとの祭り。慌てて謝罪のメッセージを送るも、既読がついただけで返信はなかった。

てっきり終わった関係だと思われたが、優菜のほうから連絡してくるとは、どういう風の吹き回しか。

〈今、S市に来ています。よかったら、会えませんか？　仕事が忙しいなら、けっこうです〉

（マ、マジかっ!?　怒ってないのかよ！）

早退した日に誘われるとは、降って湧《わ》いたような幸運に高揚する。

もちろん断る理由は何ひとつなく、太一は息せき切って了承の文面を返した。

今度は、先日の失態は繰り返さない。

大人の余裕を見せつけ、しっかりリードしなければ……。

間を置かずに美女からの返答があり、待ち合わせの場所を決める。

貴和子から受けた訓示は、すでに忘却の彼方《かなた》に吹き飛んでいた。

2

「このあいだは、ホントにごめん！」

「もういいですって。全然、気にしてませんから」

太一は落ち合ってから謝罪を繰り返し、優菜は終始にこやかな顔で対応した。

個室のある居酒屋を選んだのは彼女の要望で、酒を提供する場所だけに、つい微かな望みを繫《つな》いでしまう。

(うまく立ちまわれば、恋人になってくれるかも……いやいや、今日は最後まで紳士的に振る舞ってポイントを上げないと)

対処法を決めた太一は、気を落ち着かせてから問いかけた。

「怒って……ないの？」

「びっくりはしました、いきなりでしたから」

「そうだよね……メッセージを送っても返事がないから、もうだめだと思ってたんだ。とんでもないことをしたって、反省することしきりだったよ」

「すごく軽い人なのかなって……」

「……うん」

「もう連絡はしないほうがいいかなって思ったんですけど……いっしょにいて楽しかったし……好みのタイプだったし」

「うん、うん！」

「悩んでるうちに、もう一度会いたいという気持ちに変わっていったんです」

少なくとも、完全に嫌われたわけではない。

美女が言葉を発するたびに頬《ほお》が緩み、太一は慌てて口元を引きしめた。

「いい歳《とし》して、情けないよ。ひと目惚《ぼ》れしたうえに我を見失うなんて……でも、つき合ってくれって言ったのは、決していい加減な気持ちじゃないんだ」

「……本当に？」

「ほ、本当だよ！」

甘くねめつけられ、上ずった声で答えれば、優菜は口に手を添えてクスリと笑う。愛くるしい仕草に胸が締めつけられ、庇護《ひご》欲が猛烈にそそられた。

（やっぱり……かわいいなぁ。こんな子が恋人になってくれたら、毎日の生活にも張りが出るんだろうけど）

恋愛感情を抑えこんだところでビールとカルアミルクが運ばれ、乾杯してから身を乗りだす。

「今、大学三年だっけ？」

「え？　ええ」

「来年は就職活動だね。希望する職種とかはあるの？」

「いえ、まだ考えてないんです……そういえば、太一さんはどんな仕事をしてるんですか？」

「ああ、えっと……」

妙齢の女性に、ランジェリーの販売会社に勤めているとは言いにくい。

太一は頭を掻《か》きつつ、肝心の部分をぼやかして答えた。

「ありきたりのメーカー、営業マンだよ」

「ふうん、そうなんだ……食品関係とか、ＯＡ機器とか？」

「まあ、近いかな」

考えてみれば、前回会ったときはアニメの話に夢中になり、突っこんだ話はほとんどしなかった。

互いの素性はわからないことだらけで「二十一歳の女子大生」はＳＮＳのプロフィールに記された情報であり、優菜という名前もハンドルネームなのかもしれないのだ。

(育ちのいいお嬢様という感じは受けるけど、実際はどうなんだろ？)

クリーム色のブラウスにライトベージュのフレアスカートは清楚《せいそ》な印象を与えるが、これほどのルックスなら、周囲の男が放《ほう》っておかないだろう。

不安に襲われた太一は、声を潜めて問いかけた。

「あの、優菜ちゃんって……彼氏はいるの？」

「え？　今は……いません」

美女は一瞬、顔を曇らせ、アルコールをクイッと飲み干した。

過去に男がいたのは間違いなく、彼女の様子から察すれば、実りのある恋愛だったとは思えない。

(やっぱり、軽い男に引っかかっちゃったのかな。それとも、ちょっとワルっぽい奴《やつ》とか？)

自分もそうだったが、学生時代は女とやることしか考えていなかった。

所属しているサークルにかわいい女の子ばかりを勧誘し、仲間内と歓楽街に繰りだしてはナンパに精を出したものだ。

二十一という年齢なら、男性経験があっても不思議ではない。バージンでないのは残念だが、それだけエッチへのハードルは低くなる。

意識せずとも、太一は優菜の身体を舐めるように見つめた。

ほっそりした首筋、襟元から微かに覗く胸元、形よく盛りあがったバスト。見るからに柔らかそうな膨らみに、牡の血が騒ぎだす。

(いかん、いかん！)

今日は、よこしま思いを抱かないと決心したのだ。

前回と同じ轍《てつ》を踏んで嫌われたら、さすがに三度目はないだろう。

邪悪な淫情を封印した直後、太一は優菜のある変化に気づいた。

「あ、あれ？」

「え、何ですか？」

「顔が、すごい真っ赤だよ」

「あ……やだ。ごめんなさい、あたし、お酒に弱い体質だから」

美女はそう言いながら両の手を頬に押し当て、湿った吐息をこぼす。そしてバッグを手にするや、恥ずかしげな素振りで席を立った。

「ちょっと、お手洗いに……」

「あ、ど、どうぞ」

カルアミルクを半分飲んだだけで酔いが回るとは……。

(酒に弱いなら、なんで飲み屋を選んだんだ？　俺が酒好きだということは話していたし、気をつかってくれたのかな？)

如才ない対応に感謝しつつも、ある不安が脳裏をよぎる。

もしかすると、初体験の男も優菜の体質に気づき、無理やり酒を飲ませたあと、前後不覚の状態で処女を奪ったのではないか。

根拠のない怒りと嫉妬《しっと》が渦巻き、太一もビールを一気に飲み干した。

注文した料理が運ばれ、酒の追加を頼んでからひと息つくも、胸の奥がざわざわしだす。

(やべ……ちょっとピッチが早かったかな)

二杯目のビールが運ばれ、鳥の唐揚げをひと口つまんだところで優菜が戻る。

彼女はなぜか自分の席につかず、太一のとなりに腰を下ろすと、頭を肩にちょこんと乗せた。

（……え？）

訝《いぶか》しげに顔を覗きこめば、頬はすっかり上気し、目がとろんとしている。

「あ、あの、優菜ちゃん？」

「なんか……酔っ払っちゃったみたい。目がぐるぐる回るの」

「マ、マジで？　ど、どうしよ」

「ゆっくり休めるとこ……ないかな？」

唐突な懇願に動揺し、腋《わき》の下がじっとり汗ばむ。すぐさまラブホテルが頭に浮かぶも、邪悪な思いは封印しただけに、太一は迷った。

（酔ってるのをいいことにホテルなんか連れこんだら、絶対に軽蔑《けいべつ》されるよな）

いったい、どうしたらいいのか。

おろおろするなか、優菜はさらに寄りかかり、今度はふっくらしたバストを腕に押しつけた。

（……いっ!?）

服の上からでもふんわりした感触が伝わり、自分の意思とは無関係に男の分身が重みを増していく。

すかさず全身の血が沸騰し、欲望の奔流が堰《せき》を切って溢れだした。

副睾丸《こうがん》には大量の牡汁が溜まっており、優菜からの連絡があるまでは風俗店で抜くつもりだったのである。

堪《こら》えきれぬ淫情が股間を中心に吹き荒れ、本能が理性を頭の隅に追いやった。スケベ心が覚醒《かくせい》し、ペニスが早くも臨戦態勢を整える。

太一は喉をゴクンと鳴らし、震える声で呼びかけた。

「ゆ、優菜ちゃん」

「う、うん？」

「休めるとこといっても、ホテルしか……ないけど」

沈黙の時間が流れ、心臓が早鐘を打つ。やがて美女は腕にしがみつき、艶やかな唇をゆっくり開いた。

「……いいよ」

「ホ、ホントに……いいの？」

「うちの門限ね、八時なの」

「は、八時？」

「こんな赤い顔じゃ、帰れないもん」

二十歳を過ぎた女子大生の門限が、まさか午後八時とは……。

やはり彼女は、生粋のお嬢様なのだ。

腕時計の針は五時四十分を指しており、まだ二時間以上ある。

(住まいは、そんなに遠くないはずだ。タクシーで帰らせたとして、三十分ぐらいかな?)

グズグズしている暇はない。躊躇《ちゅうちょ》すればするほど、二人きりで過ごす時間は短くなるのだ。

「それじゃ……行こうか?」

小さく頷《うなず》く優菜を確認してから腰を上げ、伝票を手に取る。

(ほ、本当かよ……こんな展開になるなんて信じられないよ)

気分が悪い以上、手を出すつもりはないが、まったく期待していないと言えば嘘になる。ペニスは今やフル勃起し、痛みを覚えるほど突っ張っていた。

3

(すごく……いい匂いがするぞ)

ラブホテルの部屋に入室して十分、太一はベッドに横たわる優菜を見下ろしながら鼻をひくつかせた。

首筋や胸元から漂う柑橘《かんきつ》系の香りは、乙女のフェロモンなのか。かぐわしい芳香を吸いこむたびに、牡の証《あかし》がジンジン疼く。

これほどの美女を前にして、指を咥えていなければならないとは、まさしく蛇の生殺しだ。

（六時十五分か……エッチするとしたら、身支度にかかる時間を除けば、一時間ぐらいしか残ってないかな。二回戦は無理でも、一回戦なら……）

太一はネクタイをほどき、身を屈《かが》めて優菜の様子をうかがった。

彼女には、入室と同時に冷えた飲料水を飲ませている。

果たして、酔いは醒《さ》めたのだろうか。

「だ、大丈夫？」

小さな声で呼びかけると、優菜は目をうっすら開け、虚ろな眼差《まなざ》しを向けた。

「うん、大丈夫……だいぶ落ち着いたみたい」

「そ、そう、よかった」

微かな笑みを返し、ベッドの端に腰かける。

（このまま寝ちゃったら、どうしようかと思ったよ）

安堵《あんど》の吐息を洩らした瞬間、手をそっと握られ、太一は彼女の顔を見つめた。

「このあいだの返事、まだしてなかったよね」

「ん、何かな？」

「つき合ってほしいって、言ったでしょ？」

「う、うん」

「太一さんのこと、まだよく知らないけど、前向きに考えてもいいかなって」

「ホ、ホントに!?」

「この前は軽い人だと思ったけど、今日はすごく紳士的で優しいし」

「実は、すごく我慢してるんだよ」

「わかってる、目を閉じてるとき、鼻息が聞こえてきたもん」

「あちゃ！　聞かれてたのか……参ったなぁ」

バツが悪そうな顔をすると、優菜は微笑をたたえ、胸が甘くときめいた。

「すぐに答えを出す必要はないんだよ。何度かデートを重ねて、お互いのことをもっとよく知ってからでいいんだから」

「うん……ゼミの論文提出日が差し迫ってて、しばらく会えなくなるけど、連絡は欠かさないようにするね」

手を握り返して指を絡めれば、恋の悦びに身が震える。

まだ二回しか会っていないのに、なぜか他人とは思えず、もしかすると前世では夫婦だったのかもしれない。

「キ、キスだけ……していい？」

柄にもないジェントルマンを演じるのも、ここまでが限界だった。

今やすっかり恋に落ち、愛情を肌で確かめたい気持ちが脳裏を占有する。

「……いいよ」

「ああっ」

優菜がにっこり笑うと、太一は覆い被《かぶ》さり、華奢《きゃしゃ》な身体をそっと抱きしめた。

唇を重ね、プリッとした感触を存分に味わう最中、化粧と口紅の甘い香りが鼻から抜ける。

口が微かに開くや、ここぞとばかりに舌を差し入れ、なめらかな歯茎と歯列をゆっくりたどった。

「ンっ、ふぅ」

美女が細い腕を首に回し、熱い吐息を口中に吹きこむ。

緊張しているのか、身はガチガチの状態だが、積極的なキスに脳幹が痺《しび》れ、牡の肉がいちだんと膨張した。

（ああ……大人のキスしてる）

舌を搦《から》め捕り、清らかな唾液を啜《すす》りあげる。濃厚な果実の匂いを胸いっぱいに吸いこめば、愛欲が急上昇のベクトルを描く。

すぐさま自制心に亀裂が入り、隙間からあこぎな淫情が溢れだした。

「む、ふっ」

胸の膨らみに手のひらを被せ、ゆったり揉《も》みしだくと、優菜は鼻にかかった声をあげる。

お椀《わん》を伏せたような形状もさることながら、指を押し返す弾力感が心地いい。

太一は当然とばかりにスカートを捲り、太腿《ふともも》に手のひらを這わせた。

（や、柔らかくてすべすべだ……まるで焼きたてのパンケーキみたい。思ったより、肉づきもいいぞ）

もっちりした感触に陶酔しつつ、指先をプライベートゾーンに近づける。とたんに両足が狭まるも、内腿の柔肉は指先の侵入を容易に促した。

「く、ふぅンっ」

ショーツの船底を捉えた瞬間、かわいい喘ぎ声が鼓膜を揺らし、睾丸の中のザーメンが激しくうねった。

理性が吹き飛び、本能の赴くまま指先をくるくる回転させる。

「あ、や、やぁン」

美女は唇をほどきざま顎を突きあげたが、強硬な拒絶は示さず、女の園を撫でさするたびにクロッチが湿り気を帯びた。

（こ、こりゃ、エッチまでイケるかも！）

これほどの美女と性交できるチャンスは、二度とないかもしれない。

太一は迷うことなく、ショーツの上縁から手を忍ばせた。

「あ、だめっ」

優菜は困惑顔で頭を起こすも、指はひと足先に神秘の花園に達し、愛液がくちゅんと跳ねる。

「く、ふっ！」

中指が割れ目にはまりこみ、ねとねとの粘膜が絡みつくと同時に指のスライドを開始した。

「あ、や、や、やぁぁっ」

彼女はか細い声をあげ、ベッドカバーに爪《つめ》を立てる。

横目で様子を探りつつ抽送を速めれば、ショーツの下から卑猥な肉擦れ音が絶え間なく洩れ聞こえた。

（あぁ、すごい、マン汁がどんどん溢れてくる）

しなるペニスは一刻も早い結合を望むも、まずは指だけで絶頂に導きたい。快楽の余韻に浸らせれば、あとの展開も楽になり、美女のほうからおねだりしてくるかもしれないのだ。

「あ、ンっ、ンっ、ンぅぅっ」

優菜は眉間《みけん》に皺《しわ》を寄せ、顔を左右に打ち振った。

快感から気を逸《そ》らそうとしているのだろうが、縦筋に沿ってしゃにむに指を上下させる。やがて小さな肉粒がプクリと膨れ、今度は女の性感ポイントを集中的に攻めたてた。

（感度は悪くないけど、身体全体にまだ力が入ってる。それほど数はこなしてなさそうだぞ）

表情や仕草から、獲物を狙《ねら》う鷹《たか》のような目つきで経験豊富か否かを推察する。

もしかすると、元彼は優菜と同年代の大学生なのかもしれない。だとしたら、青二才に引けを取るわけにはいかず、太一は俄然やる気を漲らせた。

「やっ、はっ、ふっ、はっ」

美女は吐息をスタッカートさせ、ヒップを小刻みにバウンドさせる。熱く息づく胸の膨らみが悩ましく、ズボンの下の剛槍がいやが上にもいななないた。

（まだ、まだだぞ！）

逸《はや》る気持ちを抑え、指先を乱舞させては陰核を搔きくじる。続いて指腹を押し当て、しこった尖《とが》りをくにくに転がせば、優菜は身を大きく仰《の》け反らせた。

「ひぃうっ！」

奇妙な呻《うめ》き声が聞こえたあと、下腹部から力が抜け落ち、あえかな腰がピクピクと痙攣《けいれん》する。

（あれ……イッたのか？）

怪訝《けげん》な表情で様子を探れば、美女は目を閉じ、うっとりしていた。

どうやら、昇天したと見てよさそうだ。

（ようし、ここからは一気呵成《いっきかせい》にエッチまで持ちこむぞっ！）

意を決し、ワイシャツとインナーを脱ぎ捨てて上半身裸になる。陶酔のうねりに身を委《ゆだ》ねているあいだに、次のステップに進んでおかなければ……。

太一は脚線美を跨《また》ぎ、目を血走らせながらショーツを引き下ろしていった。

4

（純白のパンティか……くふぅ、たまらん！）

フロント上部に赤いリボンとフリルをあしらったショーツは、外見どおりの清廉さを印象づける。

性体験が少ないと確信したところで、恥丘の膨らみに目がスパークした。

こんもりした肉土手に楚々とした和毛《にこげ》が煙《けぶ》り、見るからに脆弱《ぜいじゃく》そうな肌質に男心がそそられる。

（おマ×コは、まだ見ないぞ）

わざと視線を外し、柔らかい布地をするする下ろせば、クロッチに汚れはいっさい付着していない。

優菜は授業を終えたあと、いったん帰宅したと言っていた。

もしかすると、穿《は》き替えたのだろうか。

（女のたしなみ……というやつか？）

ショーツを足首から抜き取り、鼻の下を伸ばしてほくそ笑む。

腰の位置が高く、長いおみ足に感嘆の溜め息が洩れた。

ルックスばかりかスタイルまでいいとは、目の前の女性はまさに超A級レベルの存在なのだ。本来なら誠実な態度で接し、ゆっくりと愛を育むべきなのだろうが、のんびり構えている度量は持ち合わせていない。

二十一歳の学生なら、考え方や価値観はいくらでも変わる可能性がある。

ましてや彼女を狙う男子学生は多いはずで、いつ心変わりしても不思議ではないのだ。

(同年代の社会人なら、これほど焦る必要もないんだけど……)

いや、本音を言えば、スケベ心のほうが圧倒的に勝り、牡の本能には逆らえそうになかった。

据え膳《ぜん》食わぬは男の恥とばかりに、両足をそっと広げて身を屈める。

(お、おおっ!)

ほっそりした艶々のラビアに、心の中で歓喜の雄叫《おたけ》びをあげた。

色素沈着はいっさいなく、ベビーピンクの大陰唇も秘裂からちょこんと突きでた陰核も愛らしい。狭間から覗く内粘膜は鮮やかな紅色に彩られ、ねっとりした花蜜をまとって微かに蠢《うごめ》いていた。

（マ、マジか……こんなきれいなおマ×コ、見たことないぞ）

目尻を下げ、女陰の美しさに心酔する一方、猛々《たけだけ》しい性欲が込みあげる。

本能の命ずるまま鼻を寄せれば、ソープの甘い香りが鼻腔《びこう》を燻《いぶ》し、太一は驚きの表情で口を開け放った。

（ひょっとして、シャワーを浴びてきたのか？）

麗しの美女はよほどきれい好きなのか、身を清潔に保っているようだ。

それとも、男女の営みを想定して汗を流してきたのだろうか。

（……まさかな）

何にしても、今や頭の中は性欲一色に染まり、引き戻す気はさらさらない。

太一は女肉に唇を押しつけ、舌先で恥裂をペロペロ舐った。

「あ、ン……あっ」

我に返ったのか、優菜は頭を起こし、両足をグッと狭める。

強烈な力で頰を挟まれたものの、痛みに堪えて舌先を上下させれば、甘酸っぱい味覚が口中に広がり、生々しい媚臭が鼻からふわんと抜けた。

（ああ、優菜ちゃんのおマ×コ、おいしい……おいしいよ）

淫液が舌に絡みつき、口の周囲がベトベトになる。クリットを口に含んでチューチュー吸うと、優菜は脱力し、くぐもった喘ぎを洩らしはじめた。

「はっ、ンっ、やっ、ふわぁぁっ」

陰部から放たれる牝臭がより濃厚になり、交感神経を痺れさせる。

ペニスはビンビンにしなり、下着の中は先走りの液にまみれている状態だ。

(ようし、今度は口でイカせてやるぞ！)

半透明の肉粒を口腔粘膜《こうくうねんまく》で甘嚙《あまが》みしたとたん、ソプラノの声が耳をつんざき、恥骨が激しく上下に振られた。

「や、はぁあぁっ」

しなやかな身がまたもや反り、優菜が歯列を嚙みしめる。今度はベッドカバーを引き絞り、腰をガクガクとわななかせた。

「はっ、ふうぅ！」

顔を上げ、息を吐きだして悦に入る。短時間のあいだに指と口で絶頂に導き、まずは順調なステップを踏んだとみていいだろう。

怒張は今や熱い脈動を繰り返し、これ以上は我慢できそうにない。

太一は靴下を脱ぎ捨て、ズボンをトランクスごと引き下ろした。

鋼の蛮刀が反動をつけて跳ねあがり、大量の我慢汁が扇状に翻る。

栗《くり》の実にも似た亀頭、がっちり根の張った肉傘、稲光を走らせたような静脈と、これほどの昂《たかぶ》りを目にするのは久しぶりのことだ。

太一は鼻息を荒らげ、苛烈《かれつ》な口戯ですっかりほころんだ肉花を凝視した。

（はあはあ、や、やるんだ……チ×ポをずっぽし挿れるんだ）

足のあいだに腰を割り入れ、肉槍の穂先を濡れそぼつ恥割れに向ける。

そのまま恥骨を迫りだせば、宝冠部が小陰唇を押し開き、ヌルッとした感触が背骨を蕩《とろ》けさせた。

「う、くうっ」

射精欲求がボーダーラインを飛び越え、牡のエキスが射出口をノックする。

（や、やばっ！）

すぐさま放出の先送りを試みた瞬間、優菜の顔が目に入り、太一はハッとして身を強《こわ》ばらせた。

切なげな視線が注がれ、突如として込みあげた罪の意識におののく。

緊急事態とはいえ、ホテルに連れこみ、避妊具も着けずに貞操を奪おうとしている。たとえ男性体験があったとしても、二十歳そこそこはまだ子供だといっても過言ではないのだ。

（正々堂々と口説いた訳じゃないし、酔った状況を利用するなんて、少なくても大の男がすることじゃないよな）

ペニスは硬直を保ったままだが、太一は申し訳なさそうに問いかけた。

「ごめん、気分が悪かったんだよね。やめたほうが……いいかな？」

「ううん、いいの……そのまま来て」

優菜は目尻に涙を浮かべ、なぜか表情とは真逆の答えを返す。

「い、いいの？」

「……うん」

現金にも沈滞しかけた性欲が回復し、下腹の奥がひりついた。

相手はアイドル並みの美女だけに、見栄を張るのも限界があるというものだ。

邪悪な欲望を取り戻した太一は、意を決して腰を繰りだした。二枚の唇は亀頭をぱっくり咥えこむも、真横に突きでた雁首《かりくび》がとば口で引っかかる。

「い、挿れるよ」

（あ、くっ、せ、狭い！）

これほど濡れていても、狭隘《きょうあい》な膣口は男根の侵入を許さない。再び両足に力が込められ、言葉とは裏腹に肉体が拒否しているとしか思えなかった。

「ぐうっ、も、もう少し……力を抜いて」

「あ、ンっ」

右手の親指でクリットを優しく撫でまわせば、美女は小さく喘いで腰を浮かせる。挿入角度がマッチしたのか、ペニスはようやく膣口をくぐり抜け、勢い余ってズブズブと突き進んだ。

「む、おっ」

「あ、あぁンっ！」

恥骨同士がピタリと合わさり、媚粘膜が怒張をキュンと締めつける。太一は結合の悦びに浸る間もなく、強烈な圧迫感に口元を歪《ゆが》めた。

（す、すげえ締めつけ……チ×ポが食いちぎられそうだ）

もはや数をこなしていないのは明白で、うれしさと疼痛《とうつう》の狭間で煩悶《はんもん》する。

初めての男でないのは残念だが、これから自分色に染めあげればいいのだ。

まずは、緊張感と身の硬直を少しでも和らげなければ……。

太一は括《くび》れたウエストに手を添え、腰をゆったりスライドさせた。

抜き差しを繰り返すペニスに愛液が絡みつき、てらてらと輝きだす。

「はっ、ふっ、ンふぅぅン」

甘ったるい声が放たれるたびにスムーズさが増し、男の分身に受ける快感が徐々に息を吹き返した。

(しめた！　マン肉が、こなれだしたぞ)

ときおり臀部をグリッと回転させ、イレギュラーな刺激を吹きこんでは膣内を攪拌《かくはん》する。

続いて腰を抱えあげ、深く結合してからマシンガンピストンを繰りだした。

「あ、はあぁぁぁっ」

優菜は弓なりに身を反らし、ベッドカバーを掻きむしる。

締めつけは相変わらずだが、最初の頃に感じたひりつきは少しもない。

媚肉はうねりながら男根にへばりつき、今では彼女も快感を得ているとしか思えなかった。

「やっ、やっ、やぁぁっ」

身体が上下にぶれ、結合部から牝の匂いがぷんぷん立ちのぼる。

できればセックスでアクメに導きたいが、腰の奥が甘美な鈍痛感に包まれ、ペニスの表面にピリピリとした刺激が走った。

美麗な女子大生との交情に、性的な昂奮はとうに極限まで達しているのだ。

（く、くう……これ以上は我慢できないかも）

内から迫りあがる射精願望が、ストッパーを木っ端微塵《こ ぱ み じん》に打ち砕く。

太一は小振りなヒップをシーツに落とし、両足を肩に担ぎあげてから全体重をかけた。

「……あ」

優菜は怯《おび》えた表情を見せるも、抽送を再開したとたんに美貌《びぼう》をたわめる。ここぞとばかりにパワーを全開させ、真上から肉の砲弾を途切れなく撃ちこんだ。

「ぬ、おおっ！」

「あ、くふぅぅっ」

乱れた姿を見せたくないのか、彼女は顔を横に振り、目を固く閉じる。快楽地獄に貶《おとし》めるべく、太一は息の続く限り、強烈なピストンで膣肉を抉《えぐ》った。

恥骨同士がかち当たり、バツンバツンと鈍い音が響く。全身の毛穴から汗が噴きだし、脳の芯がビリビリ震えだす。

（ああ、やばい……これ以上は無理かも）

残念だが、性交で絶頂感を与えるのは次回に持ち越すしかなさそうだ。臨界点に達した太一は、放出に向けて抽送をトップギアに引きあげた。

「ひぃぃっ」

優菜は眉根を寄せ、形のいい顎を突きあげる。

（あっ、イクっ……イクっ！）

最後に子宮口をガツンと小突き、膣からペニスを引き抜けば、鈴口から濃厚な一番搾りが噴きだした。

ザーメンは白い尾を引き、計ったかのように美女の口元まで跳ね飛ぶ。

「……ンっ!?」

慌てて亀頭冠を下に振り、二発目以降は女陰や太腿に降り注いだ。

「はあはあ、はあぁっ」

優菜は双眸《そうぼう》を閉じたまま、ピクリとも動かない。

（や、やっちまった）

大人の余裕を見せるつもりが、半ば強引に身体の関係を結び、顔面射精までしてしまうとは……。

ピクリとも動かぬ美女を見つめたまま、太一は恨めしげな顔でティッシュ箱に手を伸ばした。

第二章　美麗な女社長の聖水拝受

1

女子大生との性体験から二週間後の六月二日、太一は貴和子と共に東京のとあるデパートに向かった。

（まったく、俺ってやつは……せっかく、久しぶりに注文が取れたのに）

見積書を作成する際、商品名を間違えて記入してしまうとは……。

もちろん先方にも確認してもらったのだが、総数量と合計金額が同じだったため、見落としたらしい。

自分だけの責任ではないとはいえ、失態には違いなく、新幹線の中でも肩を竦めるばかりだ。

（それにしても、いっしょに来てくれるとは思わなかったな）

大きな商談ならわかるが、社長が平社員の犯したミスのフォローにつき合うとは思ってもいなかった。

ノートパソコンを起ちあげ、書類の確認をする美熟女を横目で見つめる。

香水の甘い匂いに惹《ひ》かれたのも束《つか》の間、気配を感じたのか、貴和子が振り向き、太一は慌てて視線を逸らした。

「……何？」

「あ、あの、今回はすみませんでした」

「いつまでも、同じこと言わないで」

「ホントに、間違って送った商品の代金はいただかないんでしょうか？　返品も要求しないということですが……」

「ええ、そう言ったでしょ」

「なぜですか？」

「損して得取れっていう諺《ことわざ》、知ってる？」

「聞いたことはありますけど……」

ここで貴和子は初めて相好を崩し、蠱惑《こわく》的な笑みにドキリとする。

「どうやら、あなたにはまだまだ勉強と努力が必要みたいね」

「す、すみません……あと、もうひとつ。なんで、わざわざ社長がつき合ってくれるんですか？」

　素朴な疑問を投げかけると、熟女は淡々とした口調で答えた。

「社長だからってね、椅子に踏ん反り返ってたら、業績は伸びないの。率先して、自ら動かないと。社員のミスは、社長のミス。トップが誠意を持って謝罪すれば、相手が受ける印象だって違ってくるし、それだけ次の仕事に繋がる可能性も高くなるでしょ？」

「な、なるほど」

　さすがは従業員六十名を抱える代表者だけあり、経営理念と深い洞察力に舌を巻く。

「それにね、東京のデパートと地方の小さな店で商品を取り扱ってくれるのとでは、やっぱりブランド力が違うの。いずれは東京に我が社の店舗を出したいと思ってるし、いい足掛かりになるわ」

「ミスはしましたけど……少しでもお役に立ったということでしょうか？」

「仕事なんだから、そんなの当たり前でしょ。そのために、営業部門を拡大したんだから」

「そ、そうですね」

「とにかく、同じ過ちは繰り返さないこと……でも、最近のあなたはやる気が前面に出てるし、この調子でがんばってほしいわ」

入社以来、初めて褒められ、ウキウキと心が弾む。

覇気があるのは、仕事への取り組み方を改めたのではなく、優菜との交流が気分を高揚させただけなのだ。

ザーメンを顔まで飛ばしたのに、美しい女子大生は怒りを露《あらわ》にすることなく、平謝りの太一を寛容な心で許してくれた。

門限が迫っていたので、二回戦はあきらめたが、彼女は約束どおり、ほぼ毎日のように連絡をくれる。

(今度会うのは、明後日《あさって》の日曜か……くうっ、楽しみだな)

しなやかな裸体が頭を掠《かす》めるたびに、男の分身が節操なくいなないた。

(でも……)

パソコン画面に視線を戻した貴和子を、またもやチラチラと盗み見る。

凜々《りり》しい顔立ち、ベージュピンクのふっくらした唇、前方に張りだしたバストの膨らみ。優菜に勝るとも劣らぬ魅力に、牡の肉がまたもや疼く。

熟れ盛りの年頃なら、セックスに関しては貴和子に軍配があがるだろう。

果たして、服の下にはどれほどのプロポーションが隠されているのか。ベッドの中では、どんな痴態を見せてくれるのか。

想像しただけで、口元がにやついてしまう。

（二人っきりだし、まるで旅行してるみたい。明日は土曜日で仕事も休みだし、社長のほうから一泊しようと言ってくれないかな？）

謝罪を済ませてとんぼ返りでは、あまりにもったいない。

太一の妄想は尽きることなく、すでに仕事のミスは忘我の淵《ふち》に沈んでいた。

2

（やっぱり……社長って、すごいんだな）

デパート内のブティックをあとにし、貴和子に羨望《せんぼう》の眼差しを送る。

彼女の読みはズバリ当たり、店の女性責任者は社長直々の来訪に恐縮しきりだった。

同年代の同性ということで話が弾み、追加注文を受けたことから、損をするどころか利益を生んだのだ。

「損して得取れの意味、今ではわかりますよ」

「そう、それはよかったわ」

優菜という交際候補の女性がいるにもかかわらず、颯爽《さっそう》と胸を張る女社長に恋慕の情は隠せない。

（ついこのあいだまでは憎らしさを感じてたけど、やっぱり……きれいだもんな。優菜ちゃんの存在がなければ、もっとのめりこんでたかも）

女性としての魅力は甲乙つけがたく、貴和子とも男女の関係を結びたい衝動に駆られる。エレベータ待ちをするなか、斜め前方に立つ熟女のヒップが視界に入り、条件反射とばかりに性欲のスイッチが入った。

（くうっ、このパンと張りつめた尻がたまらないんだよな）

たわわなヒップに顔を埋めたい、できれば顔面騎乗してほしい。

淫《みだ》らな妄想を思い浮かべた瞬間、熟女は壁際の大きなガラス窓に目を向けた。

「やだ……雨が降ってきたみたい」

「……え？」

雨粒が窓に落ちはじめ、耳を澄ませば、遠くで雷鳴が轟《とどろ》く。どす黒い雲は、明らかにこちらに向かっているとしか思えなかった。

「そういえば、東京は例年より早い梅雨入りを発表してましたっけ」

「すぐに帰らないと」

できれば二人きりで食事をしたいのだが、とんぼ返りは避けられないようだ。

(ちっ！　忌々しい雨め)

舌打ちをしたところでポンという音が響き、金属製の扉が開く。太一はひと足先に無人のエレベータに乗りこみ、扉の端を片手で押さえた。

「どうぞ」

「悪いわね」

一階と「閉」のボタンを押し、上方の階数パネルを見上げる。

(平社員が社長を食事に誘うって……どう考えても、おかしいよな)

よこしまな思いを抜きにしても、一度じっくり話してみたいのだが……。

見目麗しい女社長は、どんなプライベートを過ごしているのか。

若いときに離婚し、高校生の一人娘がいること以外は何も知らないのだ。

(やっぱ……このまま帰るのは惜しいよ)

勇気を振り絞り、震える唇をゆっくり開く。

「あ、あ……あの……」

口の中に溜まった唾を飲みこんだ瞬間、ガタンという大きな音に続き、エレベータが急停止した。

「うわっ！」

「やっ、な、何？」

いつまで経《た》っても扉が開くことはなく、ボタンを押しても状況は変わらない。

「ひょっとして……故障か停電ですかね」

「いやだわ、こんなときに」

「外部に連絡、入れましょうか？」

「ええ、そうしてちょうだい」

緊急連絡のボタンを押し、しばし待ち受けると、スピーカーから男性の声が聞こえてきた。

バッグを床に下ろし、現在の状況を簡潔に伝えて早急の対応を求める。

「どうやら、故障みたいですね。これから点検するそうです」

「聞こえたわ……もう、ついてないわね」

食事に誘うつもりが、エレベータ内に閉じこめられてしまうとは……。

とりあえず二人きりにはなれたが、果たして幸運なのか不運なのか。

「一流のデパートでも、こんなことってあるんですね」

「復旧するのに、どれくらいかかるのかしら？」

「高校生のとき、地元の小さなデパートで、同じように閉じこめられたことがあるんですよ。そのときは……一時間近くかかったかなぁ」

「そんなに……はぁぁっ」

「暑くないですか？」

「ええ、ちょっと蒸し暑いけど、平気よ」

今日の女社長は、クロップド丈のテーラードジャケットとマーメイドラインのスカートを着用している。流麗なボディラインが際立ち、グレイッシュベージュの色合いがシックな雰囲気を醸しだす出《い》で立ちだ。

香水の匂いがエレベータ内に充満し、性感覚をいやが上にも撫であげた。

狭い場所で美熟女と相対しているのだから、やはりラッキーと考えるべきなのかもしれない。

自然と気分が弾み、なめらかな口調で問いかける。

「社長は休みの日、何してるんですか？」

「何って……特別なことはしてないわ」

「高校生の娘さんと、ショッピングに出かけるとか」

「あなたには、関係のないことでしょ」

子供の話をしたとたん、貴和子はなぜか顔をしかめて視線を逸らした。

(喧嘩《けんか》でも、してんのかな……この話題は地雷だったか)

謝罪中の彼女とは別人さながらの変わりようで、つけいる隙を見せない。

ひょっとして、貴和子は根っからの男嫌いなのではないか。

これだけの美貌の持ち主なら、男からのアプローチはそれなりにあるだろうし、とうの昔に再婚していてもいいはずだ。

(それで、仕事ひと筋なのかなぁ……まあ、いつもこの態度で来られたら、男のほうから逃げちゃいそうだけど)

年上や同年代の男ならかわいげなく見えるのだろうが、自分は彼女よりひとまわりも年下だけに高圧的な態度はさほど気にならない。

(みんなの前で罵倒《ばとう》されたときは、さすがに参ったけど……)

今では、部下を発奮させるために嫌われ役を演じたのはよくわかる。

今回の上京で、太一は貴和子の魅力を改めて再認識した。

(でも、俺には優菜ちゃんがいるんだよな)

冷静になれば、女子大生との交際のほうが現実的だ。

あきらめるしかないのかと思った刹那、ホッと小さな吐息が洩れ聞こえた。

「あ、暑いわね」

「そうですか？」

貴和子はジャケットを脱ぎ、自身のバッグの上に放り投げる。

リボンブラウスの胸元が緩やかに起伏し、額と頬がいつの間にか汗でぬらついていた。

「あとどれくらいで直るのか、聞いてくれる？」

「は、はい！」

再びボタンを押して状況を問いただせば、エレベータの管理会社は修理を始めたばかりで、ゆうに三十分以上はかかるらしい。

「そうですか、目星がついたら、連絡をくれるわけですね……わかりました、はい、お願いします」

後ろを振り向くと、貴和子は壁にもたれて俯いている。肩をそわそわ揺すり、下唇をキュッと噛みしめていた。

「社長、気分が悪いんですか？」

「……え？」

「様子が変ですけど」

「な、何でもないわ、ちょっと暑いだけよ」

「あと、三十分はかかるそうです」

修理状況を伝えたものの、彼女は返事もせずに頭を垂れる。

（ど、どうしたんだ？）

しげしげと観察する最中、熟女は腰をもじもじさせ、どう見ても生理現象を催しているとしか思えなかった。

（ま、まさか……）

女性の尿道は男性より短いため、我慢できないと聞いたことがある。

部下の目の前で失禁すれば、高潔な女性ほど屈辱と羞恥《しゅうち》は大きいだろうし、エレベータが動いて扉が開けば、赤の他人にも知られてしまうのだ。

（しゃ、社長が、おしっこを漏らすなんて……）

排尿シーンを想像したとたん、股間の逸物《いちもつ》がピクリと反応し、邪悪な性嗜好《しこう》が頭をもたげた。

顔を覗きこむと、貴和子はべそをかいた子供のような顔をしている。

(間違いない！　小便が漏れそうなんだ！)

女社長の窮地を前に、優位に立った錯覚に陥る。

(今まで、さんざん怒られたからな。溜飲《りゅういん》を下げるチャンス到来かも！)

口元を意識的に引きしめ、太一は困惑を装いながら問いかけた。

「ひょっとして……お手洗いに行きたいんですか？」

しばし間を置いたあと、貴和子はこれまた幼児さながらコクンと頷く。

愛くるしい姿に胸が高鳴り、ペニスがドクンと脈動した。

(今なら……トイレに行かせることを条件に身体を要求しても、すんなり受けいれるかも)

思いがけぬ絶好の機会に、背筋がゾクゾクする。

「困りましたね、どうしましょ」

太一は対応策を考えるふりをし、女社長の一挙手一投足を注視した。

排泄《はいせつ》欲求は定期的に襲いかかるらしく、たびたび拳を握りしめては眉間に縦皺を刻む。やがて小さな呻き声をあげ、内股の状態から手を股間にあてがった。

「……ああ」

とうとう限界に達したのか、貴和子は身を屈め、顔を紅潮させる。腕時計を確認すれば、エレベータに閉じこめられてから二十分も経っていない。

（こりゃ、とてもじゃないけど、復旧するまで保《も》ちそうにないな）

太一は込みあげる喜悦を押し殺し、ことさら心配げに声をかけた。

「大丈夫ですか？」

「……だめ」

リミットいっぱいを確信したところで、姑息《こそく》な手段を提示する。

「バッグの中に……しますか？」

「……え？」

熟女は驚きの表情で顔を上げ、気乗りしないのか、眉をハの字に下げた。

「こちらのバッグか、社長のバッグか。中のものを取りだせば、簡易トイレになりそうな気はしますが……あ、でも、絶対に漏れないという保証はないか。エレベータが開いたとき、だらだらこぼれてたらまずいですもんね。うーん！」

腕組みをして唸《うな》り声をあげるなか、まろやかなカーブを描く腰がぶるっと震え、額からひと雫の汗が滴り落ちる。

（そろそろ、いいかな？）

頃合と判断した太一は、至極当然とばかりに次の言葉を発した。

「あの……飲んであげましょうか？」

美熟女は突拍子もない提案にぽかんとし、目尻をみるみる吊《つ》りあげる。

（怒った顔、かわいいっ！）

キッと見据えられただけで、睾丸の中のザーメンが乱泥流のごとくうねった。

「な、何をバカなこと言ってるの」

「これでも、必死に考えたんですよ。そりゃ抵抗があるのはわかりますけど、これがいちばんいい方法だと思うんです」

もっともらしく釈明するも、本心はアブノーマルな行為を存分に楽しみたいのだ。邪悪な心の内を察したのか、貴和子はねめつけたままぽつりと告げた。

「……変態」

「変態じゃありません！　今回のミスを社長がフォローしてくれたのですから、今度はぼくがお返しする番です」

「ぼく、じゃなくて、私、でしょ」

「今は、そんなこと言ってる場合じゃないでしょ」

真剣な表情を見せれば、彼女は俯きざま上下の唇を口の中ではむ。

（おっ、迷ってるのかな？）

この際、仕事上の立場はさほど関係なく、心理的には太一のほうが圧倒的優位に立っているのだ。これまでの鬱憤《うっぷん》が雲散霧消し、神が与えし素晴らしきシチュエーションに身が奮い立った。

背広を脱いでゆっくり近づき、裏返して床に敷く。

「な、何？」

「口から溢れこぼれたときの備えですよ。どうせ安物ですし、汚れてもかまいませんから」

「ほ、本気なの？」

「もちろんです！　社長の尊厳を守るために、また少しでもお役に立てるなら、たとえ火の中水の中！」

床に片膝《かたひざ》をつき、胸を張って答えれば、貴和子はもはや呆気《あっけ》に取られていた。

「これからはどうか、社長の犬と呼んでください」

笑いを押し殺して告げたとたん、またもや排泄願望が込みあげたのか、彼女は腰を大きく揺する。やがて閉じていた唇を開き、震える声で呟《つぶや》いた。

「う、後ろを……向いて」

「……は？」

「後ろを向いてって、言ってるの！　下着を……脱ぐから」

まさに、高慢な美熟女が白旗を掲げた瞬間だった。

御意を得たところで小さく頷き、膝をついたまま身を反転させる。

（くはぁぁっ、マジか！）

倒錯的な状況に昂奮しつつ、太一は性の悦びに目をらんらんと光らせた。

3

（と、とんでもないことになったわ）

部下の男性社員に、排泄物を飲ませることになろうとは……。

人生最大の危機に鳥肌が立ち、今はただ自身の運命を呪《のろ》うしかない。

できれば回避したいが、密室状態ではどうにもならず、生理的欲求は排出口を激しい勢いでつついているのだ。

これ以上は、とても我慢できそうになかった。

「あの……」

「何ですか？」

「やっぱり、バッグの中にしたほうがいいんじゃないかしら」

なかなか決心がつかず、もうひとつの対応策を進言すると、太一は背を向けたまま答えた。

「高校生のとき、エレベータに閉じこめられたって言いましたよね？」

「え、ええ」

「復旧したあと、扉の前にはデパートのお偉いさんたちが手みやげを手に何人も並んでいたんですよ。おしっこのたっぷり入ったバッグを持って、謝罪を受けるんですか？　垂れてきたらどうします？」

「……ああっ」

衆人環視の前で失態を晒すよりは、まだましなのかもしれない。

（あ……だめ、もう我慢できない。こうなったら、恥も外聞もないわ）

膀胱《ぼうこう》が破裂せんばかりに張り、今はもう覚悟を決めるしかなかった。

「絶対にこっちを見ないでよ」

「はい、もちろんです」

スカートの中に手を入れ、ショーツを慎重に下ろしていく。

ちょっとした動作でも自制の結界が崩落し、排尿が始まってしまいそうだ。

貴和子は下着を足首から抜き取るや、スカートを下ろし、小さく丸めてポケットに忍ばせた。

「い、いいわ」

「大丈夫ですか？　振り向きますよ」

「え、ええ」

太一は身を転回させ、怪訝な顔をする。

「あれ、下着は脱いだんですか？」

「ポ、ポケットに入れたわ」

「そうですか。それじゃ……」

彼は裏返した上着の上に突き進み、スカートの裾《すそ》に手を伸ばす。

「あ、待って」

「どうしました？」

あるアイデアを閃《ひらめ》かせた貴和子は、すぐさま指示を出した。

「ネクタイで目隠しして」

「……へっ？」

いくら緊急事態とはいえ、やはり羞恥の源は見せたくない。

年下の男は唖然《あぜん》としたあと、明らかに失意の表情を浮かべた。

(私のためだなんて、やっぱり最初からやましい気持ちがあったのね)

この男の頭の中は色欲にまみれ、とてつもない変態でもあるのだ。

太一は肩を落とし、ものぐさな態度でネクタイをほどく。

「早く！　これは社長命令よ」

「は、はいっ!!」

一喝すると、彼は肩をビクッと震わせ、慌ててネクタイで目を覆った。

「そう、ちゃんとしっかり結ぶのよ……じゃ、スカート捲るから……もう少し前に出て」

「わかりました……これくらいですか？」

「ええ、大丈夫よ」

顔が股間の前、約二十センチまで近づき、身が裂かれそうな事態に萎縮《いしゅく》する。

(仕方ないわ、どうしようもないことだもの……ああ、もう！　この男、いつか絶対にクビにしてやるから！)

ここのところ、本当についていていない。

娘は反抗期なのか、言うことを聞かないし、先日は部下の情交を覗き見する愚行に手を染めてしまった。結局は後ろめたさから注意することもできず、見て見ぬふりをするしかなかったのである。

今度はダメ社員に飲尿させるのだから、大凶殺に入ったとしか思えない。

貴和子は泣きそうな顔でスカートをたくしあげ、プライベートゾーンを剝きだしにした。

「最初は、チョロチョロと出してくださいね」

「わ、わかったわ」

「さ、いつでもいいですよ」

太一が顔を上げ、口を大きく開け放つ。

あそこは汗臭くないか、いざとなると怖《お》じ気づくも、排泄欲求は待ったなしに襲いかかり、貴和子はあまりの苦しみに意識を朦朧とさせた。

「あ、ああ……で、出そう……ホントにいいの？」

「どうぞ」

「く、くうっ」

排尿シーンが脳裏をよぎり、背筋に悪寒が走る。下腹部の緊張をやや解放した瞬間、シュッという音とともに秘裂からほとばしった液体が口の中に注がれた。

「う、うむぅ」

「あ、ああっ」

二度目も小出しでしぶかせ、口の中でコポコポと軽やかな音を立てたが、その後は抑えがきかず、大量の小水が凄《すさ》まじい勢いで噴出した。

「あ、やっ」

太一は喉を波打たせて汚液を飲みこむも、持て余した雫が口の端からだらだら滴る。

「うぷっ、うぷ、うぷぷっ！」

「やあぁぁっ」

この世のものとは思えぬ地獄絵図に、貴和子は顔を横に振ることしかできなかった。

4

（ああっ、社長のおしっこ、飲んでるぅ！）

喉を鳴らして聖水を嚥下《えんか》するなか、滅多に味わえない刺激的な体験が大いなる喜悦を吹きこんだ。

塩気や苦味は思ったよりなく、ぬるい茶を飲んでいるような感覚で抵抗はさほどない。

美熟女の恥ずかしい匂いが五臓六腑《ろっぷ》に沁みわたる頃、放尿の勢いが増して息が詰まる。口から溢れこぼれた小水が、顎を伝ってボタボタ滴った。

(うぷっ、これは……きつい、極限まで我慢してたもんな。でも……)

聖水をすべて飲みこめないのは予定どおりで、そのために背広を床に敷いたのだ。もちろん、小水まみれの上着を着て帰宅の途にはつけない。

もしかすると、貴和子のほうから宿泊を提案してくるのではないか。それが、太一の狙いだった。

(で、でも……すごい量、おしっこに溺《おぼ》れちゃいそうだ)

小水が鼻や頬に跳ね飛び、今や口の周囲はビチャビチャの状態だ。

喉が焼けそうなほど熱くなり、さすがに我慢の限界を迎える。

苦しげに鼻で息継ぎをした直後、目隠し代わりのネクタイがずれ落ち、貴和子の排尿姿が視界に入った。

彼女はスカートをたくしあげ、女肉の花を余すことなく晒している。

こんもりした恥丘の膨らみに濃いめの恥毛が悩ましい翳《かげ》りを作り、小陰唇の狭間から噴きだす聖水が黄金色の輝きを放った。

（お、おおぉっ！）

うれしい誤算に破顔し、牡の肉がズボンの下で小躍りする。幸いにも彼女は顔を背けており、ネクタイのずれ落ちに気づいていないらしい。

太一は聖水を喉の奥に流しこみつつ、あでやかな女肉を目に焼きつけた。

（しゃ、社長のおマ×コ……おマ×コだ）

性的な昂奮にないせいか、二枚の唇はやけにほっそりしている。歪みはいっさいないうえに左右の肉びらが美しいシンメトリーを誇り、あわいから微かに覗くゼリー状の粘膜がキラキラと悩ましいきらめきを放った。

薄い肉帽子を被った陰核も、吸いつきたくなるほど麗しい。

（あぁ、おいしそう！）

全身の血が沸騰し、性欲のエネルギーがリミッターを振り切る。ペニスはパブロフの犬とばかりにいきり勃ち、スラックスの股間を派手に突っ張らせた。

舐めたい、味覚をたっぷり味わいたいという欲望が渦を巻いて迫りあがる。

舌を突きだして顔を寄せた瞬間、放尿の勢いが衰え、内腿の柔肉がふるんと揺れた。

「……あぁっ」

安堵と思われる吐息が耳に届き、残尿がピュッと前髪まで跳ねあがる。

貴和子は虚ろな目をためらいがちに向け、こちらの視線に気づいたのか、あっという声をあげた。

間髪をいれずに局部へかぶりつき、凝脂の谷間をベロベロ舐めたてる。

「ちょっ……ひっ、やっ、やっ」

彼女は頭を鷲摑《わしづか》みにし、口を押し除けようとするも、タコのように吸いついて離れない。トイレットペーパーとばかりに、股間の汚れを丁寧に清めた。

「んぐっ、んむっ、んふぅ」

「や、やめて、やめなさい……これは社長命令よ……あ、やぁぁンっ」

制する声は掠れ、聞き取れぬほど小さい。口唇奉仕で恥裂を掘り起こせば、舌に促されたクリットが包皮を押しあげてしこり勃った。

無我夢中で舐りまわす最中、粘っこい液体と酸味の強い媚臭が鼻腔を突きあげる。ねちっこい愛撫が、美熟女の性感に火をつけたのだ。

（し、しめたっ！）

太一は指で女陰を押し広げ、ティアドロップ形に開いた膣口に舌を這わせた。

「うふっ！」

頭を摑む手から力が抜け落ち、肉厚の腰がもどかしげにくねる。

湧出した愛蜜をじゅっぱじゅっぱと啜りあげ、クリトリスを口中に引きこめば、頭上から裏返った嬌声《きょうせい》が響き渡った。

「い、ひぃぃぃっ」

頰を窄《すぼ》め、コリコリに凝《こ》った肉粒をこれでもかと吸いたてる。口の中を真空状態にし、飴玉《あめだま》をしゃぶるように舐め転がす。

やがて熟れた肉体が熱を帯び、陰部からふしだらなフェロモンがぷんぷん匂い立った。

「あっ、やっ、ふっ、ンっ、はっ」

心なしか恥骨が迫りだし、ヒップが小さなグラインドを見せはじめる。

強烈な口戯に抗《あらが》えず、もはや愉悦にまみれているとしか思えない。

全身の細胞が歓喜の渦に巻きこまれ、太一はここが勝負所とばかりに多大な刺激を吹きこんだ。

「あっ、やっ、やっ、やぁぁぁっ」

か細い声とは裏腹に、腰が前後にガクガクわななく。今度は頭を掻き抱かれ、濡れそぼつ恥部が口と鼻を覆い尽くす。ぐちゅんと卑猥な水音が洩れ聞こえた瞬間、貴和子は天を仰ぎざま膝から崩れ落ちた。

「う、うぷっ、ぷふぁっ！」

圧迫感から解放され、額から汗を垂らして喘ぐ。快楽の海原《うなばら》に身を投じたのだろう、美熟女は壁に背を預け、がっくりと項垂《うなだ》れた。

「はあはあ……しゃ、社長？」

小声で呼びかけても彼女は答えず、憑《つ》き物が落ちたような顔をしている。

（やった、イカせた……社長を口でイカせたんだ）

征服願望が満たされ、達成感は仕事の成果をあげたときより数倍大きい。

スカートが自然と膝下まで下り、秘部を隠してしまったが、今やエレベータ内は淫臭と尿臭、そして熱気が充満していた。

本来ならこのままエッチになだれこみ、無下な態度が二度と取れないほどメロメロにさせてやるのだが……。

（くそっ、こっちもカウパーがダダ漏れだよ）

行き場をなくした性欲のタイフーンが、肉体の中心でさらなる勢力を増した。

残念だが、最終勝負はデパートを出てからになりそうだ。

（インターバルを置くと、それだけ考える時間を与えちゃうし、何かあとに繋げる方法はないかな……あ、そうだ！）

悪巧みを思いつき、目をギラリと光らせる。

太一は貴和子の下腹部に手を伸ばし、スカートのポケットから使用済みのショーツを引っ張りだした。

第三章　性の悦びに身悶える女社長

1

（なんで、こんなことに……）

シティホテルの一室で、貴和子はバスローブ姿のまま悲嘆に暮れていた。

エレベータ内の出来事を思いだすと、死にたくなるほどの羞恥と屈辱が甦《よみがえ》る。

ひとまわりも年下の部下に排泄物を飲ませ、大切な箇所を見られたばかりか舐められて絶頂に導かれようとは……。

放尿を済ませた直後、復旧完了の連絡がスピーカーから流れ、ようやく我に返った。それでも正常な判断能力は戻らず、デパートをあとにしてからも意識を朦朧とさせていたのである。

太一の上着は小水で汚れ、貴和子自身も女陰を愛液と唾液まみれにしたまま地元に帰る気になれなかった。

べとついた汗も流したかったし、外は土砂降りの雨で一刻も早く一人になりたい気持ちが強く、彼のホテル休憩の提案にただ頷くしかなかった。

運が悪いことに、シャワーを浴びているあいだに新幹線が運行を停止し、どうやらこのまま一泊するしかなさそうだ。

部屋をふたつとってくれただけでも、まだましか。

あの男を部屋に入れなければ、少なくとも貞操は守れるのだから……。

(でも……)

気分が落ち着きはじめるや、だんだんと腹が立ってくる。快楽の余韻に浸っているあいだ、太一はスカートのポケットからショーツを抜き取ったのだ。

下着の紛失にはすぐに気づいたものの、周囲の目があり、返してくれとは言えなかった。

彼は、なぜショーツを盗んだのか。そして、今は自室で何をしているのか。

最悪の光景を思い浮かべ、背筋が凍りつく。

(……いやらしい)

もし想像どおりの行為に耽っていたら、最低の男であり、絶対に許せない。

彼は夕食の時間に迎えにくると言っていたが、それまでとても待てなかった。

すぐにでも、取り返さなければ……。

（もし変なことしてたら、絶対にクビにしてやるんだから！）

バスローブを脱ぎ捨て、衣服を身に着けていく。

股間がスースーして不安だが、替えのショーツはあとで購入するしかない。こんな日に限って予備の下着を用意し忘れるとは、とことんついていなかった。

軽くメイクし、気を取りなおして出入り口に向かう。

（あ、そうだ……今日は帰れないかもしれないってこと、連絡しておかないと）

高校生なら一夜の留守番ぐらいできるだろうが、女の子だけにやはり心配だ。

貴和子はスマホで娘に連絡し、事情を説明したあと、しっかりした戸締まりと最低限の注意事項を伝えた。

電話を切り、社長としての気構えとプライドを取り戻す。

先のことを考えれば、このままにしておけない。

お調子者だけに、図々《ずうずう》しい態度で接してくる可能性はありえるし、しかも下着窃盗という犯罪行為に手を染めた以上、人生の先輩としても咎《とが》めるのは当然のことなのだ。

（甘い顔を見せるわけにはいかないわ、なめられてたまるもんですか！）

貴和子は目尻を吊りあげると、自室を飛びだし、太一のいる斜め前の部屋に向かった。

2

（今日は、本当につきっぱなしだな）

シャワーを浴び終えた太一は、してやったりの笑みを浮かべた。

エレベータの故障、貴和子の生理現象、豪雨による交通機関の運休と、ラッキーな出来事が重なり、棚からぼたもちの展開に喜びは隠せない。

（社長、よほどショックだったんだろうな。エレベータを出てから部屋に送り届けるまで、魂を抜き取られたような顔してたもの）

宿泊の提案をしても、彼女はボーッとした顔で頷き、いつもの勝ち気な態度は鳴りを潜めていた。

今頃は気持ちが落ち着き、自己嫌悪に陥っているのではないか。

何にしても、これからの彼女との関係を考えると、楽しい日々が待ち受けていそうだ。

太一は腰にバスタオルを巻いた恰好《かっこう》でベッドルームに戻り、椅子の背に掛けてあった衣服を手に取った。

「背広は……もうだめかもな」

ワイシャツの胸元とスラックスの太腿部分も濡れていたが、上着の裏地はシミの範囲が広く、ちょっとやそっとでは落ちそうにない。小水まみれでは、ホテルのクリーニングサービスに出すわけにもいかなかった。

「とりあえず、シャツとズボンの汚れたところは水洗いだけしとくかな。干しておけば、明日までに乾くだろ」

ヘッドボードのデジタル時計を確認すると、午後五時を過ぎたばかりだ。あと一時間ほどで迎えにいき、女社長を夕食に誘いだしたい。

果たして、彼女はどんな対応を見せるのか。

美熟女の表情を想像しつつ冷蔵庫に歩み寄り、中から缶ビールを取りだす。

聖水は意外と飲みやすかったが、塩分を多量に含んでいたのか、喉がカラカラだ。プルタブを引き起こし、ビールをグイグイ飲み干せば、えも言われぬ充実感に唸った。

「ぷはぁぁっ、うまい！」

エレベータ内の出来事を恩に着せ、なんとか男女の関係に持ちこみたい。

（やっぱり、酒を飲ませるのがいちばん手っ取り早いかな）

恥ずかしい箇所をたっぷり見られ、舌で舐りまわされたのだから、口説き落とされるにしても、さほどの抵抗はないはずだが……。

（まあ、状況を見ながら立ちまわるしかないよな。おっと、その前に……）

太一はにんまりしながら椅子に戻り、ズボンのポケットに手を突っこんだ。

エレベータ内で奪ったショーツを引っ張りだし、目を据わらせる。

（くくっ、貴重な戦利品だ……俺のおかげで、恥ずかしい思いをしなくて済んだんだ。これくらいのことしても、バチは当たらないだろ）

下着は自社製品の高級ランジェリーで、総レース仕様のデザインが男の本能を刺激した。

（社長が穿いてたパンティ……くうっ、そそるなぁ）

手にした代物は、まさしく美熟女の分身なのだ。

ライトブルーのお宝を目線の高さに掲げ、鼻を近づける。かぐわしい香りが鼻腔を燻し、バスタオルの下のペニスがピクンと反応した。

花柄の刺繍《ししゅう》が施された上部は透過率が高く、布地面積もかなり小さい。

上品な外見とセクシーランジェリーとのギャップに、昂奮のボルテージが早くもレッドゾーンに飛びこむ。

逸る気持ちを抑えつつ、太一はクロッチの外側に指をあてがった。

「ま、まだ……湿ってる」

今日は朝から蒸し暑く、移動距離も長かっただけに、汗をたっぷり掻いているはずだ。指をゆっくり押しあげ、ショーツの裏地を剥きだしにする。

「お、おおっ！」

目に飛びこんだハート形のシミに、太一は歓喜の雄叫びをあげた。

中心に走るレモンイエローの縦筋は、紛れもなく尿の拭《ふ》き残しではないか。

周囲には粘液の乾いた跡がへばりつき、所々に白い粉状のカスがこびりついていた。

(す、すげえ……優菜ちゃんが穿いてたパンティと全然違う)

長時間着用すれば、美しい女性でもこれほど下着を汚すのだ。

見てはいけない女の秘密を目の当たりにし、いやが上にも身が震えてしまう。

淫らなシミに鼻を寄せれば、甘酸っぱい芳香に混じり、ツンとした乳酪臭が鼻粘膜から大脳皮質まで光の速さで突っ走った。

「う、おっ」

生々しい刺激臭は脳波を乱れさせ、性本能をストレートに刺激する。牡の肉はあっという間に鉄の棒と化し、バスタオルの中心が大きなテントを張った。

（こ、これが、社長のおマ×コの匂い……あんなきれいな顔して、こんなに強烈なんて……や、やべぇ、ムラムラしてきた）

タオルの上から勃起に触れただけで、ペニスが熱い脈を打つ。

今度は鼻をクロッチに押しつけ、女の香気を胸いっぱいに吸いこめば、脳幹が一瞬にしてバラ色に染められた。

「はっ、はっ、はっ、た、たまらん、なんちゅういい匂い」

腰に熱感が走り、射精欲求が沸点まで引きあげられる。

肉幹をしごきたい衝動に駆られるも、自慰で放出するわけにはいかない。うまくいけば、貴和子と夢のひとときを過ごせるかもしれないのだ。

「残念だけど、これはおみやげとして持って帰るしかないか」

太一は無理にでも気を落ち着かせ、椅子に置いたバッグの中からジッパー付きのファイルケースを取りだした。

書類を抜き取り、代わりにショーツを入れてにんまりする。

（これなら、匂いが消えることはないだろ……さてと、ワイシャツとズボン、水洗いしておかないと）

衣服に手を伸ばした瞬間、部屋のチャイムが鳴り響き、突然の来訪者に眉をひそめた。

（ん、誰だ？　ひょっとして……）

バスタオル姿のまま出入り口に向かい、ドアスコープに目を寄せる。

予想どおり、扉の前に佇《たたず》んでいるのは貴和子で、いつもと変わらぬ毅然《きぜん》とした表情を見せていた。

部屋に到着し、一人きりになった時点で気分が落ち着いたのかもしれない。

ポケットに入れたはずの下着の紛失に気づいたときは、さぞかし仰天したのではないか。

（いてもたってもいられず、確認しにきたってところかな？）

太一は都合のいい展開を思い浮かべつつ、鷹揚《おうよう》とした態度で声をかけた。

「はい」

「私よ……今、いいかしら？」

「わかりました、ちょっと待ってください」

内鍵を外し、扉を薄めに開けて顔を覗かせると、美熟女は感謝の念を抱くどころか目を吊りあげる。

やはり、下着の件で憤怒しているのは手に取るようにわかった。

「話があるんだけど……中に入って、いい？」

「どうぞどうぞ」

身体を隠したまま扉を開けて促せば、貴和子は室内に足を踏み入れる。

「……あ」

彼女はバスタオル姿に気づき、不安げな様子を見せたが、太一はすぐさまドアを閉めて逃げ道を塞いだ。

「さ、奥へ」

「シャ、シャワーを浴びていたのなら……出直すわ」

「もう、浴び終わりましたから。いや、さっぱりしましたよ。顔中、べちゃべちゃでしたからね」

遠回しに嫌みをぶつけると、熟女は気まずげに口元を歪める。

エレベータ内の一件は忘れることのできない強烈な体験のはずで、まだ完全には冷静さを取り戻していないのかもしれない。

自ら来訪するとは、飛んで火に入る夏の虫としか思えなかった。

(やっぱり、下着を盗んでおいたのはよかったかもな)

心の中でほくそ笑み、ゆっくり近づけば、貴和子は仕方なさそうな顔で歩きだす。そして椅子に掛けてある衣服を目にするや、足をピタリと止めた。

「洗おうと思ったんですが、上着はちょっと無理ですね。ワイシャツやズボンのほうはひどくないので、水洗いで済みそうですが」

「あ、明日、別の服を買って弁償するわ。もちろん、シャツやスラックスも」

「そんなの気にしなくていいですよ。安物だって、言ったでしょ?」

「それと、お礼……まだ言ってなかったわね。本当に助かったわ……ありがと」

女社長は頭を下げたが、本心から感謝の意は伝わらない。

最悪の悲劇は免れたものの、代わりに恥部を晒し、聖水を飲尿させたばかりか口唇愛撫を受けて失神してしまったのだ。

美しい高潔な女性ほど、ショックの度合は大きいはずだ。

「そんな、いいですって。ぼくからすれば、とてもラッキーなことですし」

癇《かん》に障る言葉を投げかければ、貴和子は悔しげにねめつける。

太一は意に介さず、あえてとぼけた表情で問いかけた。

「で、話ってのは、何です？　お腹《なか》が減ったんですか？」

「あ、あの……」

言いづらいのか、彼女は言いよどんでから言葉を続ける。

「下着が……ないの」

「……へっ？」

「スカートのポケットに入れておいたはずの下着がなくなってるの。あなたが、抜き取ったんでしょ？」

「ええ、そうですよ」

あっけらかんと答えれば、美熟女は唖然とし、あからさまにうろたえる。

「か、返してちょうだい」

「いいじゃないですか、社長のためにがんばったんですから。あれくらいのご褒美があっても」

「そういう問題じゃないの！　お礼は改めてするから、下着は返して」

十二歳も年下の部下が、自分の使用済みのショーツを所持しているのである。

納得できないのはもちろん、認めたくないのも当然のことだ。

彼女の懇願を聞きいれるつもりはさらさらなく、太一は冷蔵庫に歩み寄り、中から缶ビールを二本取りだした。

「喉が、やけに渇いてましてね。しょっぱいものを飲みすぎたのかも」

羞恥心を軽くあおると、エレベータ内の出来事を思いだしたのか、貴和子の目元がポッと赤らんだ。

「社長も、一本どうですか？」

「わ、私はいいわ」

「水分をたっぷり出したし、汗も掻いただろうから、喉が渇いてるでしょ？」

「いいって、言ってるでしょ！」

睨《にら》みつけられたところで、太一はここぞとばかりに交換条件を提示した。

「お酒、つき合ってくれたら、下着は返しますよ」

「……え？」

「社長と二人で飲む機会なんて滅多にないだろうし、それで手を打ちましょう」

「で、でも……」

「食事の誘いは、受けいれてくれましたよね」

「あ、あのときは、ボーッとしてたから」

「たかがビールを一本、飲むだけですよ。それでも、いやなんですか？」

「いやじゃないけど……」

はしたない姿を見せつけた相手だけに、警戒心が必要以上に働いているのかもしれない。

貴和子はしばし逡巡《しゅんじゅん》していたが、意を決したのか、真剣な表情で顔を上げた。

「お酒を飲めば、本当に返してくれるのね？」

「もちろん、男に二言はないです！　約束は守りますよ」

タブを開けて缶を手渡し、まずはお世辞で緊張をほぐす。

「それにしても、社長の手腕には驚きました。向こうの責任者をおだてて追加注文をとるなんて、さすがですよね」

「商談の基本は説明したでしょ？　そんなの、大したことじゃないわ」

「今回の仕事は、ホントに勉強になりましたよ。ありがとうございました！　祝い酒じゃないですが、グイッといきましょ」

軽やかな口調で勧めれば、彼女はひと口飲んだだけで小さな吐息をこぼした。

「ふうっ」

「おいしいでしょ？」

「え？　え、ええ……これで、いいでしょ？」

「そんなぁ、それじゃ、つき合ったことにならないですよ。もっと、豪快にいってくれないと」

「わかった、わかったわ！」

喉を緩やかに波打たせる姿をじっと見つめ、目をきらめかせる。

貴和子は社の飲み会に参加しても、一次会の途中で退席してしまう。

一人娘が心配なのもあるのだろうが、アルコールに弱いという情報を、太一は他の社員から仕入れていた。

（どんな手段を使ってでも、エッチまで持ちこむぞ！）

ショーツの芳醇な香りを思い返せば、牡の肉が自然と奮い立つ。獰猛《どうもう》な血が煮え滾《たぎ》り、太一は早くも獣欲モードに突入していた。

3

「はあぁっ」

缶ビールを飲み干したところで、貴和子は深い溜め息をついた。

一瞬にしてアルコールが回り、顔がポッポッと火照りだす。酒に弱い体質は承知のうえだが、これ以上、シラフで対応するのは限界だった。

最初は毅然と接するつもりが、バスタオル姿で現れた瞬間に調子が狂ってしまった。

エレベータ内の一件が尾を引いているのか、部屋を訪れたのは自分らしからぬ判断ミスだったらしい。気づいたときには手遅れで、羞恥心と屈辱が甦り、強気な姿勢を見せられなかった。

(それにしても……なんて無神経な男なの)

社内で叱責する際はしょんぼりするのに、馴《な》れ馴れしい態度に勝ち誇った顔は別人のようだ。

(絶対にクビにしてやるから！)

助けてもらった恩義も忘れ、今は忌々しい思いだけが増幅される。

「さ、全部飲んだわ……約束を守って」

「あ、あの、大丈夫ですか？」

「何が？」

「顔が真っ赤で、なんか足元がふらついてますが」

確かに顔面は火傷《やけど》しそうなほど熱く、身体も火の玉のごとく燃え盛っている。

精神的なショックが、酔いの回りを早くさせたのかもしれない。

次第にどうにでもなれという気持ちになり、悪夢のような体験が与えたショックも薄らぎはじめた。

「大丈夫に決まってるでしょ！　さ、約束どおり、ショーツを返しなさい」

「ひょっとして……今、ノーパンなんですか？」

図星を指され、全身の血が逆流する。貴和子は柳眉を逆立て、思いつくまま非難の言葉を浴びせた。

「その発言、セクハラよ！　第一、何？　気を失ってるときに下着を盗むなんて、卑劣以外の何ものでもないじゃない！　本当なら、クビにしてやるところなんだから！」

「ええ、クビですか？　大変な状況を、身を挺《てい》して助けてあげたのに」

「何が、身を挺してよ！　最初から、楽しんでたじゃない！　やらしいこと、散々してっ!!」

酒を控えていたのは、アルコールに弱い理由だけではない。人に絡む悪癖も自覚していたからなのだ。

それでも太一は、どこ吹く風とばかりに飄々《ひょうひょう》としていた。

「恥ずかしかったんですか？」

「当たり前でしょ！　最低の男！　変態！　犯罪者！」

「わかりました！」

「な、何が、わかったの？」

破廉恥な男は一人合点してから意味深な笑みを返し、心臓がドキリとする。

「社長のためをと思ってしたことだったのですが、結果的には恥を掻かせてしまったわけですね？」

「ち、違うわ。私は、あなたがした余計なことに対して怒って……」

「それでは、ぼくも恥ずかしい思いをさせていただきます」

「……は？」

「そうすれば、お互い様！　社長の気も晴れるんじゃないでしょうか？」

「な、何を言ってるの？　あ、やっ」

バスタオルが外され、反動をつけて跳ねあがったペニスが下腹をバチーンと叩く。身の危険を感じる一方、熟女の視線は股間の一点に注がれた。

スモモのような亀頭、えらの張った雁首、太い血管が無数に浮きでた静脈。強《きょう》靭《じん》な芯が入った逸物が、天に向かって隆々と反り勃つ。

元夫やこれまでの交際相手よりひとまわり、いや、ふたまわりは大きいのではないか。

ふたつの肉玉もいなり寿司《ずし》並みに巨大で、精力の強さを如実に物語った。

「や、やめなさい」

我に返り、慌てて目を背けるも、動悸《どうき》は治まらない。

「あれ、見てくれないんですか？」

「あ、当たり前でしょ」

「見てくれないと、イーブンにならないじゃないですか」

「誰も、そんなこと望んでないわ」

「なるほど……おしっこ飲んだり、トイレットペーパー代わりもしたし、確かに見せただけじゃ、納得できないのは当然ですよね」

「いいから、早く隠して。これは社長命令よ！　言うこと聞かないなら、クビにするから」

「あ、社長、二度目のパワハラ発言ですよ」

「パワハラでも、何でもいいわ！　早く！」

一喝したものの、返答はなく、奇妙な物音が聞こえてくる。おぞましさと不安から、貴和子は震える声で問いかけた。

「な、何をしてるの？　隠したの？」

「いえ、オナニーしてるんです」

予想だにしない爆弾発言に総身が粟立《あわだ》ち、心臓が早鐘を打つ。

シュッシュッという抽送音に想像力が刺激され、ペニスをしごいている彼の姿が脳内スクリーンに映しだされた。

「恥ずかしい姿、たっぷり見てくださいよ」

「み、見るわけ……ないでしょ」

「チ×コ、もうパンパンですよ。青筋が浮きあがっちゃって、あっ！　先っぽから変な汁が垂れてきました」

なんと、いやらしい男なのか。

えげつない言葉で、自慰行為の実況中継までするとは。こんな無作法で品のない男は、いまだかつて目にしたことがない。

(まともな理屈が通用する相手じゃないわ……逃げないと)

そっぽを向いたまま、出入り口に向かって駆けだせばいいのだ。足を踏みだしたとたん、太一は目の前に立ちはだかり、腰をグイッと突きだす。

右や左に進路を変えても行く手を遮り、あろうことかペニスを下腹に押しつけてきた。

「きゃっ」

突然の蛮行に目眩《めまい》を起こし、ベッドの端に尻餅《しりもち》をつく。自然と牡の肉が視界に入り、金縛りに遭ったように身が強ばった。

(ああっ……さっきより大きくなってる)

男根は青竜刀さながら反り返り、包皮が蛇腹のごとく上下する。破廉恥漢は胴体を猛烈な勢いでしごき、先走りの液が鈴口からツツッと滴った。

懐かしい牡のムスクがふわんと立ちのぼり、交感神経を麻痺《まひ》させる。

「しっかり見てください、ぼくの恥ずかしいところ。もうコチコチですよ」

「……はあっ」

「どうしてこんなになってるか、わかりますか？　社長が色っぽくて、素敵な女性だからですよ」

彼の声が呪文のように聞こえ、ふしだらな感情が自分の意思とは無関係に肉体を蝕《むしば》んだ。

「感じてましたよね？　あそこを舐めたとき」

確かに舌で清められた際、快感を享受してしまったのは事実だ。

ねちっこい愛撫に理性が蕩け、性感ポイントを刺激されるたびに青白い性電流が身を貫いた。

エクスタシーの波に呑みこまれたのは、決して夢や幻ではない。あのときの快感が甦り、牝の本能が覚醒したのか、熟れた肉体が逞しい牡の漲りを欲した。

（す、すごいわ……こんなに激しくしごいて）

男性の自慰行為を目の当たりにしたのは初めての経験で、圧倒的な迫力に目を奪われる。

下腹部がモヤモヤし、子宮の奥がキュンとひりついた。

無意識のうちに、唇のあわいで舌を物欲しげにすべらせた。

膣の奥から熱い潤みが溢れだし、ブラの下の乳首が硬くしこる。内腿を擦《こす》り合わせれば、ヌルッとした感触が走り、押しひしゃげた陰核が甘く疼いた。

「ああ、社長に欲情している姿をじっと見られるなんて……恥ずかしい、恥ずかしいですよ」

太一はそう言いながらペニスを押し下げ、手を離す。

硬直がバイーンと跳ねあがり、前触れの液が宙で不定形の模様を描いた。

恥ずかしいなどという気持ちが微塵もないことは明らかで、彼はこちらの性感をあおろうとしているのだ。それがわかっても、正常な思考回路はショートしたまま。性的な欲求を少しも抑えられなかった。

「さあ、触ってください」

今は拒絶の気持ちも強気な態度も消し飛び、すべての神経が飴色の極太だけに注がれる。

やがてピクリと動いた右手が、自分でも気づかぬうちに怒張へ伸びていった。喉をコクンと鳴らし、胴体に指をそっと絡ませる。熱い脈動が手のひらにはっきり伝わり、貴和子はペニスの量感と質感をおずおずと味わった。

「お、ふっ！」

「ああっ、か、硬い……それに、大きいわ」

「ふうふう、き、気持ちいいです」

長大な逸物は指が回らず、石のような硬直を誇っている。丸々とした宝冠部は最大限まで膨張し、自分の顔が映りそうなほどテカテカしていた。

牡のフェロモンがまたもや立ちのぼり、汗混じりの生臭い香りが鼻腔粘膜をくすぐる。

（あぁ……この匂い）

鼻をひくつかせるたびに性感が研ぎ澄まされ、胸のときめきを抑えられない。

「ただ……握ってるだけでいいんですか？」

この男は、最初からこうなることを目論《もくろ》んでアルコールを勧めたのだ。

悔しげに眉根を寄せるも、自制心は働かず、熟女は肉幹をシュッシュッとしごいた。

「……ああっ」

「う、く、ふうっ」

こぶのように突きでた血管が破裂せんばかりに膨れ、いやらしい匂いが濃厚さを増《いと》す。毛嫌いしていた男にもかかわらず、今は手の中でビクビクとしなる肉根が愛おしい。

貴和子はさも当然とばかりに顔を近づけ、裏筋をペロッと舐めあげた。

「く、くほぉおっ」

苦くてしょっぱい味覚が口中に広がるも、嫌悪は少しも感じない。今度は縫い目に舌を這わせ、肉胴にソフトなキスをくれてから雁首を舌先でなぞる。

太一は口をへの字に曲げ、内股の状態から腰をくねらせた。

よほど気持ちいいのか、苦しげな顔を見るにつれ、エレベータ内で受けた屈辱が多少なりとも払拭《ふっしょく》される。それでもスカートの下は愛液がしとどに溢れ、貴和子自身ものっぴきならぬ状況に達しているのだ。

（あぁ……もう我慢できないわ）

口を大きく開け、真上からペニスを呑みこめば、女の悦びに身が打ち震えた。喉の奥まで入れようとしたものの、口の端が裂けそうで、中途までしか咥えこめない。

（な、なんて……大きいの）

顎に力が入らず、多量の涎《よだれ》が滴り落ちる。仕方なく短いストロークで顔をスライドさせれば、頭上から獣じみた声が響き渡った。

「うおおっ、うおおっ！」

丸太のような筋肉が痙攣し、ふたつの肉玉がクンと持ちあがる。剛槍が口の中でのたうちまわり、先走りの液が舌に絡みつく。

ひょっとして、このまま放出してしまうのではないか。

精を放てば、獰猛な欲望は鎮まり、貞操は守れるかもしれない。だが、今や肉体は紅蓮《ぐれん》の炎と化し、頑健な強ばりを待ち望んでいるのだ。

（あぁン、ほしい、ほしいわ）

ついにリビドーを解放した熟女は、髪を振り乱して男根を舐めしゃぶった。

「ンっ、ンっ、ンふぅン」

男を早くその気にさせようと、鼻から甘ったるい吐息を洩らし、腰をくなくな揺らす。首をS字に振り、ペニスにきりもみ状の刺激をこれでもかと吹きこむ。

「あ、お、お、おおおっ！」

「……あンっ」

思いが通じたのか、太一は怒張を抜き取り、大きな手を腋の下に差し入れた。

強引に立たされるや、唇を奪われ、分厚い舌が口中に侵入する。

あっという間に舌を搦め捕られ、猛烈な勢いで唾液を啜られると、久方ぶりのディープキスに脳髄が蕩けた。

（ぶ、部下と……キスするなんて）

後悔の念が押し寄せるも、背中とヒップを撫でさすられただけで身が浮遊感に包まれる。

太一はブラウスの上からブラのホックを外し、かなり女慣れしているようだ。

やがてスカートをたくしあげられ、手のひらがヒップを這いまわった。

「う、ふっ!?」

尻肉を荒々しく揉まれ、快楽の稲妻が脳天を刺し貫く。

前面に回った指が股の付け根にすべりこむと、愛液がくちゅんと跳ね、狂おしい情動が器から溢れこぼれた。

貴和子も男根に指を絡め、激しくこすりたてる。いななく牡の漲りに胸が高鳴り、淫液が汲《く》めども尽きぬ泉のごとく湧出した。

「ぷふぁ」

長いキスが途切れ、唇のあいだで唾液が透明な糸を引く。

太一の目はすっかり充血し、性欲本能に駆り立てられているとしか思えない。

ブラウスのボタンが外される光景を、熟女はただ虚ろな表情で見つめた。

純白の布地が脱がされ、続いてブラが抜き取られる。

両の乳房が露出したとたん、羞恥心が込みあげ、クロスした手で胸を隠した。

「……あっ?」

そのままベッドに押し倒され、今度は耳や首筋を舌で愛撫《あいぶ》される。

背筋がゾクゾクするなか、熟女はもはや覚悟を決めるしかなかった。

この段階で拒絶できるほど初心《うぶ》ではないし、それどころか身体は男を受けいれる態勢を整えているのだ。

女芯のひりつきは収まらず、四年越しの性交渉に気持ちも上ずる。

一分一秒でも早く、逞しい逸物で女芯を貫いてほしかった。

太一はスカートのファスナーを下ろし、膝立ちの体勢から布地を引っ張る。

自ら腰を浮かせば、足首から抜き取られ、とうとう粗野な男の前で一糸まとわぬ裸体を晒した。

「……あぁっ」

「社長の身体、すごいきれいです……とても四十代とは思えませんよ」

無神経な言葉にも怒りの感情は湧かず、乙女のように胸がときめく。

すぐさま股間を右手で覆ったものの、太一は目をぎらつかせ、これまたムードのかけらもないセリフを投げかけた。

「もう一度、見せてください……社長のおマ×コ」

「い、いやよ」

「どうしてです？　エレベータの中では、見せてくれたじゃないですか」

「あなたが勝手に見たんでしょ？」

「ぼくだって、披露してるのに」

「知らないわ、そんなの」

「チ×ポまで、しゃぶってくれたのに。忘れたんですか？」

「そ、それは……」

「手が邪魔ですよ、どけてください」

「あ、だめっ、やっ！」

強引に足を割り広げられ、M字開脚の体勢から上方に持ちあげられる。

ヒップがベッドから浮きあがり、慌てて股間を両手で隠すも、太一は腰の裏側に下腹を当て、あられもない姿を固定した。

「ふふっ、マングリ返しですよ」

こんな恰好を強いられたのは初めてのことで、あまりの羞恥に身を焦がす。

「おお、すごいヒップ！　このお尻で顔を押しつぶしてほしいって、ずっと夢見ていたんですよ」

「へ、変態、クビにしてやるから」

「さあ、手をどけましょうね」

悪態をついても、彼は平然とした顔で手を外しにかかった。

女の腕力では、凄まじい力に抗えない。

「あ、あぁぁっ」

弱々しい声をあげた貴和子は、とうとう大股開きの体勢から女の園をさらけ出した。

4

（おおっ、絶景！）

出たとこ任せでどうなることかと思ったが、太一は期待どおりの展開に目尻を下げた。

女社長は、自分が考えていた以上に欲求を溜めこんでいたらしい。自慰行為の見せつけからフェラチオに至ったところで、堕《お》とせるだろうと確信した。

貴和子ほどの美貌の持ち主なら、自信のある男でも、気後れするのは当然のことだろう。さらに高潔で勝ち気な性格から推察すれば、近寄りがたいと思われても仕方ない。

ギスギスした態度を見た限り、恋人がいないのは間違いないと思われた。

（俺は元からダメダメの平社員だし、十二も年下だからな。見栄を張る必要はな

いし、かえって気楽というもんだ)

これまで、男の前でこんな屈辱的な姿を晒したことがあるだろうか。使えない部下を叱責しつづけてきた女社長が大股を開いてヒップを天井に向けているのだから、なんとも痛快だ。

片手で両手首を摑み、股間から無理やり除ければ、麗しげな満開の花が眼下に広がった。

「おおっ」

「やぁぁっ」

感嘆の溜め息を洩らすと同時に、貴和子は小さな悲鳴をあげて顔を背ける。

(色艶こそ変わらないけど、エレベータで見たときとは形が違うぞ)

すっかり肥厚した小陰唇は外側に大きく捲《めく》れ、包皮がズル剝けた陰核もルビー色の輝きを燦々《さんさん》と放った。

ぱっくり割れた内粘膜は膣口から飛びださんばかりに盛りあがり、濁り汁をたっぷりまとわせている。

(おおっ、こなれていて、うまそうなマン肉……おっ?)

じっと見つめる最中、愛液が溢れだし、会陰にまでツツッと滴った。

貴和子は顔を横に向けたまま、目を閉じ、唇を強く嚙みしめる。表情からは、とても考えられない濡れっぷりだ。

（もしかすると、Ｍっ気があるのかな？）

サドマゾ嗜好は表裏一体で、誰もが持ち合わせていると聞いたことがある。ふだんはＳっぽい雰囲気を発散させているだけに、ベッドの中でＭの顔が現れたとしても不思議ではない。

太一は内腿から大陰唇に指を這わせつつ、ソフトな言葉責めで様子を探った。

「他の社員が今のぼくたちを見たら、卒倒するでしょうね。いつも怒鳴っている平社員の前でマングリ返ししてるんですから」

「く、くくっ」

「すごいですよ、社長のおマ×コ。ぱっくり開いて、中まで丸見えです。恥ずかしくないんですか？」

美熟女は苦渋に顔を歪め、両足に力を込める。それでも強硬な拒絶は見せず、内腿の柔肉をピクピク震わせるばかりだ。太一は絹糸のような陰毛を指先で梳《す》き、女肉の周囲を触れぬか触れぬ程度の力加減で撫でさすった。

クリトリスがピンとしこり勃ち、膣奥でひしめき合う桃色の肉塊が生き物のように蠢く。

心なしか愛液の湧出量も増し、甘酸っぱい発情臭がぷんぷん匂った。

「いちばん感じるとこ、触ってほしいのかな？　ほうら、指先が迫ってますよ」

「あ、あ……」

性感ポイントまで、あと数ミリ。多大な快感を期待していたのか、腰がぶるっとわななないた直後、指は陰核を飛び越し、逆側の大陰唇をなぞった。

「ひ、ひうっ」

肩透かしを食らった熟女は、もどかしげに身をくねらせる。

（ふふっ、まだまだ……たっぷり苛《いじ》めてやらないと）

ここまで来たら、彼女の口からおねだりの言葉を聞きたい。太一は同じ手順を執拗《しつよう》に繰り返し、焦《じ》らしのテクニックで高潔美女の性感をあおった。

「あ、おつゆが、また垂れてきました！　感度、抜群ですね。社長がこんなにエッチな人だとは思ってもいませんでした」

えげつない言葉を投げかければ、白い肌にサッと紅が差す。

やはり、Ｍっ気があるのは間違いなさそうだ。

頃合を見はかり、頂上の尖りを優しく転がせば、貴和子は甲高い声をあげ、身をビクンビクンと引き攣《つ》らせた。

「あ、はぁあぁぁっ！」

今度は顔を近づけ、息を優しく吹きかける。

クコの実にも似た芽は、今やボリュームたっぷりに膨らんでいる状態だ。

「ああ、あぁぁ」

息も絶えだえに喘ぐ姿は、性感一色に染まっているとしか思えない。

太一は右手の中指と薬指を膣口にあてがい、ゆっくりと時間をかけて挿入していった。

「ほうら、入っちゃいますよ」

「あ、あ、あ……」

根元まで埋めこんでから、スローテンポの抜き差しを開始する。

この体勢だと、指腹は膣天井にあるGスポットを刺激できず、代わりに空いた手の親指で秘豆をコリコリとあやした。

「……はうっ！」

抽送のたびに、秘割れからくちゅんくちゅんと淫らな肉擦れ音が鳴り響く。

指先はオイルを塗りたくったように照り輝き、酸味の強い淫臭がより濃厚さを増した。

「この音、わかります？　どこから聞こえてるのかな？　うわっ、すごい、どろっとした愛液が溢れてきましたよ」

「い、いやっ」

「いや、じゃないでしょ……こんなに濡らしておいて」

勝ち誇った笑みを浮かべつつ、ゆったりしたスライドで膣肉をほじくり返し、クリットをねちっこく爪弾《つまび》く。

「うっ、くふぅっ……あンっ、あっ、はぁぁ」

微かに開いた目はいつしか潤み、半開きの口から吐息混じりの喘ぎ声が途切れなく洩れはじめた。

体温が上昇しているのか、頬が赤らみ、陰部から熱気がムンムン放たれる。

(だいぶ感じてるみたいだけど、全然乱れない。さすがはプライドが高い、がんばるなぁ……ようし、これならどうだ)

指先をくるくる回転させ、イレギュラーな刺激を吹きこめば、たわわに実ったヒップがぶるんと揺れた。さらに抽送のピッチをセカンドギアに入れ、リズミカルなピストンで膣壁を研磨する。

「ひっ、くっ！」

ぐちゅん、ずちゅん、じゅぷっ、じゅぷぷぷっ！

空気混じりの破裂音が高らかに響き、貴和子が顔を真正面に向ける。媚びた眼差しが注がれ、やがて濡れた唇がこわごわ開いた。

「も、もう……」

「ん？　もう、何ですか？」

熟女は喉を波打たせ、ついに快感の軍門に降った言葉を発した。

「い、挿れて」

心の中でガッツポーズを作り、この世の喜びを嚙みしめる。

気高い美人社長を、ついに自分のレベルまで引きずり下ろしたのだ。

太一は指の抽送を繰り返しつつ、とぼけた表情で問いかけた。

「何を挿れるんですか？」

「あぁ、意地悪しないで……は、早く、あっ、くふはぁぁっ！」

ここぞとばかりに腕を振り、膣肉を掻きくじっては陰核をいらう。

「いや、いや……あ、ンっ、ンっ、はあぁぁっ！」

軽いアクメに達したのか、貴和子は両足を狭め、釣りあげられた魚のように身をひくつかせた。

（はあっ、やりたくてたまらん……これ以上は、俺のほうが我慢できないよ）

あまりの昂奮から、ペニスは鬱血するほど張りつめている。牡の欲望はすでに火山活動を始め、白濁の溶岩流は睾丸の中でうねっているのだ。

太一は美脚をベッドに下ろし、愉悦に浸る女社長を見下ろした。

（まさか……こんな日が来るとは夢にも思っていなかったよ）

入社直後、貴和子を初めて目にしたときの記憶が甦る。

これほどの美女がこの世に存在するとは、驚きの一語に尽きた。

社長だと聞いてぽかんとし、年齢を知って二度びっくりした。

太一にとっては高嶺《たかね》の花であり、決して叶《かな》うことのない思慕だと考えていたのである。

注意や叱責を受けつづけたときは可愛《かわい》さ余って憎さ百倍の気持ちだったが、心の底から嫌いにはなれなかったのだ。

（優菜ちゃんには悪いけど、生まれてきて……いちばんうれしい瞬間かも）

太一は男根を握りしめ、すっかり溶け崩れた女肉に好色な眼差しを注いだ。

腰を突きだし、亀頭の先端を濡れそぼつ割れ目にあてがえば、ぬるりとした感触に続き、鶏冠《とさか》のように開いた小陰唇が宝冠部をぱっくり咥えこむ。

万感の思いを込めて恥骨を迫りだすも、雁首が膣口をくぐり抜けない。

(む、むうっ、きついっ)

違和感を覚えたのか、貴和子は目をうっすら開け、やるせなさそうに口を引き結んだ。

「く、おっ」

「ンっ、ふわぁ」

下腹に力を込めた瞬間、雁がようやくとば口を通過し、ぬちゅちゅちゅっという音とともに膣道を突き進む。

「は、はああっ!」

貴和子に背中をパシンと叩かれた直後、恥骨同士がピタリと合わさった。

(ああ、やった……俺、社長とひとつに結ばれたんだ)

感激に胸が熱くなり、性のパワーがフルチャージされる。

肉洞の中は熔鉱炉《ようこうろ》のように燃え盛り、ペニスは今にも蕩けそうだ。

(いや、まだ安心はできないぞ……エッチしたからって、恋人関係になれるとは限らないんだから)

常識で考えれば、四十一歳の美人社長が十二も年下の平社員に恋愛感情を抱くとは思えない。

今回の情交はいくつもの偶然と幸運が重なった故の産物であり、性的な欲求を解消したとたんに元の高慢な女性に戻る可能性もありうるのだ。

貴和子との関係を続けられるとしたら……巨大な快楽を肉体に植えつけ、二度と離れられないようにするしかない。

(幸いにもMっ気があるみたいだし、それを利用しない手はないよな)

何度も肌を合わせるなかで、肉欲が愛情に変わることもあるのではないか。意欲に燃えた太一は乳房にかぶりつき、乳頭を舐め転がしながら腰を蠢動《しゅんどう》させた。

「あ、ンっ！」

乳肉を揉みしだけば、さほどの力を込めずとも楕円に形を変えて手のひらからはみ出す。桜色の突端をちゅばちゅばと吸いたて、腰をグラインドさせると、こなれた膣内粘膜がペニス全体に絡みついた。

(うほっ、気持ちいい！)

二十一歳の女子大生とは違い、媚肉は弱くも強くもなく、絶妙な力加減で締めつけてくる。

まったりした一体感は、若い女性では決して味わえない。これが、熟女の最大の魅力なのだ。

挿入してから五分も経たず、男根の芯がピリピリ疼きだす。

憧れの女社長との初性交に気が昂り、射精願望が早くも沸点を迎えた。

（まだまだ……呆気なくイクわけにはいかないぞ）

太一は細い肩に手を添えて身を起こし、座位の体勢に取って代わる。そして唇を貪《むさぼ》りつつ、胸と下腹部を密着させた。

「お、おお、気持ちいい……社長はどうですか？」

「ン、ンんぅぅっ」

彼女は大股を開いているため、結合がより深くなり、恥毛がジョリジョリとこすれ合う。

「あ、ああっ」

ヒップがくねりだし、ペニスがしっぽりした膣肉に引き転がされるや、太一は即座に肛門括約筋を引きしめた。

「ぼくのチ×ポ、どうなんですか？」

「お、おっきくて……硬いわ」

「気持ちいいんですか？」

まだプライドを捨てきれないのか、貴和子は口を噤《つぐ》んで答えない。代わりに恥骨を上下に揺すり、怒張をキュンキュン絞りあげてきた。

「む、むむっ！」

官能電流が脊髄《せきずい》を這いのぼり、頭の中で白い光が明滅しはじめる。完全屈服させたいのはやまやまだが、あまりの快美にタガが外れそうだ。

（くわぁ……や、やばい……出ちまいそうだ）

相手は元人妻であり、セックスの回数だけなら足元にも及ばないだろう。簡単に暴発してしまったら、情けない男だと見下されるのではないか。対等な立場、いや、彼女より優位に立つには男の逞しさを存分に見せつけるしかないのだ。

（あぁ、でも……）

倒錯的かつ新鮮なシチュエーションの連続で、抑えがまったくきかない。

（一回出しておいて、二回目、三回目に繋げたほうがいいかも……どうせ一泊するんだし、慌てる必要はないもんな）

精力には自信があり、貴和子相手なら、五回戦も可能なのではないか。

そう判断した太一はふくよかな身体をベッドに押し倒し、すらりとした左足を担いで右足を跨いだ。

「あ……やっ」

「ぬ、おおおおっ」

「ひ、ひぃぃっっ！」

歯を剝きだし、松葉崩しの体位から亀頭冠を膣奥にドスンと叩きつける。

蒸気機関車の駆動のごとく、しょっぱなから腰の回転率をトップスピードに跳ねあげる。

美熟女は形のいい顎を突きあげ、半身の体勢から身を反らした。

「あっ、ンっ、やっ、はぁぁっ」

毛穴から汗がいっせいに噴きだし、白い肌にボタボタ落ちる。結合部から淫音が絶え間なく響き、牡と牝の淫臭があたり一面に立ちこめる。

貴和子も気持ちいいのか、膣肉が収縮を開始し、上下左右から男根をやんわり揉みしごいた。

「あンっ、あンっ、あンっ！　あぁぁンっ!!」

鼻にかかった声が耳朶を打つたびに、射精欲求が崖《がけ》っぷちに追いつめられる。

必死の形相で放出を堪える最中も、太一は幸せだった。

憧れの美熟女の聖水を拝受し、使用済みの下着の匂いを嗅ぎ、ついには肉の契りまで交わしたのだ。

快楽のフルコースを存分に堪能《たんのう》し、生きていてよかったと心の底から思う。

貴和子にも、同じ気持ちを味わってもらわなければ……。

（大丈夫！　今日の体調なら、何回だってイケるぞ！）

太一は幅の大きいストロークからマシンガンピストンに移行し、雄々しい波動を膣奥に吹きこんだ。

膣襞の摩擦と温もりが心地よく、突けば突くほど快感が増していく。

彼女の身体も汗の皮膜をうっすらまとい、今や桃源郷に旅立っているとしか思えない。

（あ、あ、も、もう……）

熱の波紋が体内に広がり、背筋に快感の火柱が走った。

色とりどりの閃光《せんこう》が脳裏を駆け巡り、情欲の戦慄《せんりつ》に胸の奥が掻きむしられた。

「イクっ、イクっ、く、おおおおっ！」

「ひぃうぅぅっ!!」

子宮口に掘削の一撃を見舞い、充血の強ばりを膣から引き抜く。間髪をいれずに尿道からザーメンが跳ね飛び、生白い腹部にぱたぱたと降り注いだ。

「あ、ぐ、ぐ、ぐうっ」

至高の射精感に酔いしれ、腰の奥が甘美な鈍痛感に包まれる。

おびただしい量の精を放った太一は貴和子に覆い被さり、百メートルを全力疾走した直後のように喘いだ。

「はあはあはあっ」

柔らかい手が背に回り、悦楽の余韻と安息感にどっぷり浸る。

大量放出したばかりにもかかわらず、ペニスはまだ硬直を維持したままだ。

（シャワーを浴びて……もう一度……）

このあとの展開を思い描くなか、心地いい疲労感が押し寄せ、太一は目を静かに閉じていった。

第四章　凶悪なグッズに噎び泣く美熟女

1

二日後の日曜、太一は歓楽街にあるオープンカフェで優菜が現れるのを待ち受けていた。

（くそっ……まずったよな）

一昨日《おととい》の出来事を思いだし、後悔の念が押し寄せる。

情交を済ませた直後、睡魔に襲われ、二時間近くも眠ってしまったのだ。

目を覚ましたとき、貴和子の姿はどこにもなく、テーブルにメモの書き置きが残されていた。

〈娘が心配だから、帰るわね。あなたは、ゆっくり休んでいきなさい。部屋の支払いは済ませておくから〉

彼女はホテルをあとにしてしまい、ひたすら呆然《ぼうぜん》とするばかりだった。

慌ててスマホを確認すると、交通機関は復旧しており、太一は一人東京に残されてしまったのだ。

バッグの中に入れたショーツも取り戻され、影も形もなかった。

（社長がシャワーを浴びにいったとこまでは覚えてるんだけど……朝から緊張続きで気が張ってたし、一発やってホッとしちゃったんだろうな……あああっ）

頭を掻きむしり、何度も深い溜め息をつく。

とてもではないが、究極の快楽を身体に刻みつけたとは言い難い。こんなことになるのなら、セックスで絶頂に導いておくべきだった。

今さら地団駄を踏んでも、時間は巻き戻せない。優菜との久しぶりのデートだというのに、気持ちは沈みっぱなしだった。

（本来なら、ウキウキ気分で優菜ちゃんと会ってるはずだったのに。でも……）

女社長と肉体関係を結べたのは、とてつもなく大きな前進なのである。

完堕ちこそ叶わなかったが、卑猥な数々のプレイを受けいれたのは紛れもない事実で、望みが断たれたわけではない。

本心は、さらなる肉欲を求めていたのではないか。

(起こしておねだりするのも恥ずかしいし、きっと……思い悩んで帰宅する選択をしたんだ)

明日、貴和子はどんな顔で会社に出てくるのだろう。そして、自分はいかなる対応をとるべきか。

(社長室から、一歩も出てこないかもしれないな。それなら、こちらから押しかけていって……待てよ、明日は営業会議のある日じゃないか!)

社内で催される会議に、貴和子は必ず出席する。

よほどの欠席理由がない限り、いやでも顔を合わせなければならないのだ。

(会議の前に、一度会っておきたいよな。何て話しかけるか)

腕組みし、あれこれと思案を巡らせるなか、スマホから軽快な通知音が鳴り響いた。

「あ、優菜ちゃんからの連絡だ……え?」

画面に表示されたメッセージをタップし、難しい顔で文面に目を通す。

(デートまでに論文を終わらせるつもりでしたが、どうしても無理でした。今日は行けそうにありません、ホントにごめんなさい。また連絡します……か)

がっかりはしたが、さほどの悲愴《ひそう》感はなく、どこかホッとした気持ちもある。今は貴和子への対応に頭がいっぱいで、優菜とデートしても楽しめなかったのではないか。

(優菜ちゃんに会えないのは残念だけど、渡りに船だったのかも……了解、論文の仕上げ、がんばってね、と)

太一はメッセージを返し、コーヒーを飲み干してから席を立った。

貴和子との一件がなければ、失意にまみれていただろうが、今は何としてでも美熟女の心と身体を自分だけのものにしたい。

気持ちを切り替え、カップルや子供連れのファミリーで賑《にぎ》わうメインストリートを歩いていく。

(さて、せっかくここまで来たんだし、焼き鳥で一杯やりながら明日の計画を練るかな)

太一は横道に逸れ、飲み屋街がひしめくエリアに足を向けた。

「おおっ、昼間から開いてる店もけっこうあるぞ……ん?」

きらびやかなネオン看板の前で立ち止まり、地下に通じる階段を覗きこめば、壁の側面に嵌《は》めこまれたガラスケースの中にボンデージや鋲《びょう》のついた手枷《てかせ》らしきものが陳列されている。

淫靡な雰囲気は微塵も感じさせないが、その店はアダルトショップに違いなかった。

（そうか、飲み屋街の向こうにはラブホテルが何軒かあったっけ）

カップルが卑猥なプレイを楽しむために、アダルトショップを利用したとしても不思議ではない。

貴和子との情交が頭に浮かび、口元が自然とにやついた。

彼女はベッドの中で、確かにMっ気を見せていたのだ。ＳＭグッズで責めたてたら、プライドの高い女社長はどんな反応を見せるだろう。

想像しただけで、海綿体に熱い血流がなだれこむ。

迷うことなく、太一は興味津々の顔つきで地下への階段を下りていった。

2

翌日の月曜、昼食を外で済ませた太一は渋い顔で社に戻った。

（社長……俺とまったく目を合わせなかったな）

午前中、貴和子が部署に現れたのは一度だけで、主任と短い会話を交わしたあと、すぐに出ていってしまった。

そのあいだ、となりの席に座る太一をチラッとさえ見なかったのである。

果たして、彼女は何を考えているのか。

社内で毅然とした態度をとるのは当たり前のことで、表情から本心までは推し量れない。恥ずかしい気持ちはもちろん、とんでもない事態を招いてしまった後悔や不安もあるだろう。

（忘れられるものなら、忘れたいのかもな。でも……）

年下の部下と肉体関係を結び、あられもない姿を見せつけた現実は決して消失せないのだ。

彼女が理性と本能の狭間で揺れ動いているのは間違いなく、少しでも早く次の段階に進んでおかなければ……。

太一は自ら気合を入れ、颯爽とした足取りでエレベータを降りた。

営業会議は午後一時半からの予定で、中止や延期の話は聞いていない。

会議の流れはいつも変わらず、デザイン企画部の社員が新製品の詳細とセールスポイントをプレゼンテーションし、営業戦略や販路の方針を決めるのだ。

営業部に戻ると、総務部の若い女性社員が会議資料のコピーを各デスクに置いている最中だった。

「社長には、もう渡したの？」

「いえ、これからです」

貴和子とすんなり接点を持つ手段が閃き、不埒《ふらち》なパワーが漲りだす。

「じゃ、俺のほうから渡しとくよ。先週、社長に迷惑かけちゃってね。ひと言、謝っておきたいし、ついでだから」

他の社員に気取られぬよう、言い訳を繕い、太一は女性社員から資料を一部受け取った。

（よっしゃ！）

周囲の目を気にしつつ、バッグの中から取りだした代物をズボンのポケットに入れ、息せき切って部署をあとにする。

エレベータを待つ時間がもったいなく、真横にある階段を駆けのぼり、脇目も振らずに社長室へ突き進んだ。

（考えてみたら、この部屋に入るのは初めてだな）

緊張に身を引きしめ、扉をノックしてから声をかける。

「営業会議の資料をお持ちしました」

「どうぞ」

ドアノブを回して扉を開けると、貴和子は重厚な造りのデスクの向こうで書類に目を通していた。

どうやら、来訪した人物が誰なのか気づいていないらしい。

「……失礼します」

まずは俯き加減で入室し、身を転回させて扉を閉める。

（くくっ、俺だとわかったら、どんな顔するのかな？　おっ、しめしめ！　このドア、鍵《かぎ》がかけられるじゃないか）

音を立てずに内鍵を閉め、デスクに向かってゆっくり歩み寄れば、女社長はようやく顔を上げ、瞬く間に顔を曇らせた。

今日の熟女は純白のワンピーススーツを着用しており、白百合《しらゆり》のような清廉さにうっとりする。相変わらずの美しさは誇っているが、どこか艶っぽい雰囲気を感じてしまうのは都合のいい思いこみか。

（いや、やっぱり三日前の一発が効いてるんだ）

女性ホルモンが活性化し、女としての魅力に磨きをかけたとしか思えない。

（さて、ここからが勝負だぞ）

太一は肝を据え、平然とした表情で資料をデスクに置いた。

「ど、どうして、あなたが……まあ、いいわ……ありがと」

「どういたしまして」

彼女は再び書類に目を落とし、そのあとは一瞥《いちべつ》もくれない。

社長室の広さは、三十平米近くあるだろうか。

床はふかふかの絨毯《じゅうたん》が敷かれ、右サイドの窓際には来客用のソファセット、左サイドにはチャコールグレーの本棚が設置されている。

（本棚のとなりにある取っ手付きの扉は、クローゼットかな？　左奥にあるドアは……何だろ？）

その場に佇んだまま周囲を物珍しげに見回すなか、冷ややかな声が耳に届き、すぐさま視線を戻した。

「何してるの？　用事は済んだんでしょ？」

「あ、すいません。改めて、お礼を言っておこうと思って……先週の金曜は、いろいろとありがとうございました。さんざん、お世話になってしまいまして」

やや皮肉めいた言葉を告げれば、貴和子は気まずげに口元をたわめる。

しばし沈黙の時間が流れたあと、太一は残念そうな顔でぽつりと呟いた。

「ひどいですよ……黙って帰っちゃうなんて」

「仕方ないでしょ……イビキ掻いて寝てるんだもの」

「え？　ということは……起きてたら、帰らなかったんですか？」

「も、もちろん帰ったわ！」

美熟女は強い口調で言い放つも、頬を桜色に染める。

乙女チックな仕草に胸がときめき、股間の逸物がいやが上にも反応した。

三日前は一度しか放出できず、優菜とのデートも中止になったため、睾丸には牡の証がたっぷり溜まり、猛々しい性欲はいつでも着火可能の状態なのだ。

「もう寂しくて悲しくて、死んでやろうかと思いましたよ」

「……言ってないでしょうね」

「は？」

「私とのこと、誰にも話してないわよね」

「ぼくが社長のおしっこを飲んで、お口でおマ×コをお掃除してあげて、エッチまでしちゃったことですか？」

「ちょ、ちょっと！　ここを、どこだと思ってるの!?」

慌てふためく姿にほくそ笑み、次第に気分が高揚しだす。

彼女の様子を目にした限り、拒絶の意思はさほど伝わらない。飄々とした部下に対し、どう対応すべきか、思いあぐねているようだった。

「もちろん、誰にも話してませんよ。ぼくと社長だけの大切な秘密ですから」

「そう……それなら、いいわ。もう戻りなさい」

「戻らなきゃ、だめですか？」

「当たり前でしょ！　今は仕事中だし、すぐに営業会議があるんだから」

「でも……」

「いい？　はっきり言っておくけど、あの日は私もあなたもどうかしてたのよ。本来なら、あってはならないことなんだから、もう忘れてちょうだい」

「忘れるって……なかったことにするって意味ですか？」

「そうよ」

「そんな、無理ですよ。実際にあったことなんだし……」

「忘れてちょうだい」

「あぁ、社長の分身があれば、まだ納得できたかもしれないのに」

「分身って……何？」

「パンティですよ……取ってくなんて、ひどいじゃないですか」

恨み言をぶつけると、貴和子は顔を耳たぶまで真っ赤にし、艶やかな唇をわななかせた。

「わ、私のものなんだから、取り返すのは当たり前でしょ！」

「もう一度、くれませんか？」

「い、いやよ」

「使用済みの下着を手にすれば、オナニーだけで満足できると思うんです」

「へ、変態！」

「そうは言うけど、ぼくだって男ですよ」

「だから、何？」

「パンティには、男のロマンがたっぷり詰まってるんです！」

「はあ……あなたと話してると、頭が変になりそうだわ」

「そんなことより、あの日、ぼくがいかに悶々とした夜を過ごしたか、想像できますか？　社長はいないし、パンティはないし、一人で酒飲んで食事して、気持ちが殺伐としましたよ。かわいそうだなと、少しも思わなかったんですか？」

「し、しつこい人ね。帰ったのは、本当に娘のことが心配だったからよ」

「娘さん……高校一年でしたっけ？」

「二年よ。一泊とはいえ、年頃の娘を置いて、家を空けるのは不安だったの。それでなくても……」

彼女は言葉を句切り、ここで初めて沈痛な面持ちをする。

思春期の子供が反抗期を迎えても不思議ではなく、両親が離婚したなら、なおさらのことだ。

(そういえば、先週の金曜も、娘さんのことをちょっと聞いただけで顔色が変わったっけ……相談に乗ることで、突破口を開くのもありかも)

そう考えた太一は身を乗りだし、あえて穏やかな口調で問いかけた。

「それでなくても、何ですか？」

「う、うるさいわね！　あなたには関係ないことよ。いいから、戻りなさい」

無下もなく拒否され、思わず肩を竦める。

現状を考えれば、彼女とのあいだで信頼関係が築けているはずもなく、心を開かせるにはまだ時間がかかりそうだ。

(やっぱり、肉欲のほうで攻めていくしかないか)

太一はことさら悲しげな表情を装い、デスクをゆっくり回りこんだ。

「わかりました……すぐに出ていきます」

「ちょ、ちょっと……なんで、こっちに来るの？」

「戻る前に、キスしていいですか？」

「だ、だめよ、さっき私が言ったこと、聞いてなかったの？　忘れてって……あ、ンぅっ」

身を屈めて唇を奪い、細い肩を抱き寄せる。

貴和子は渾身《こんしん》の力を込めて胸を押し返すも、頑として離れない。口も閉じたままだが、太一はリップを貪りつつ胸の膨らみに手のひらを被せた。

「ンっ、ふっ！」

やわやわ揉みしだけば、鼻から甘い吐息が抜ける。

三日前に吹きこんだ快感は、まだ肉体に刻まれているはずだ。

性感を無理にでも掘り起こし、こちらのペースに巻きこまなければ……。

香水の匂いが鼻先を掠め、甘美な戯れに股間の肉槍が自然と体積を増した。

（ああ、よかった……この調子なら、二度目がありそうだ）

不安が薄らぐ頃、息苦しくなったのか、口が微かに開き、ためらうことなく舌を潜りこませる。唾液を啜りあげ、逃げまどう舌を搦め捕り、頬を窄めて吸引すれば、黒曜石にも似た瞳がしっぽり潤んだ。

唇をほどき、まずは猫撫で声で懇願する。

「あぁ、社長……我慢できませんよ。いいでしょ？」

「何言ってるの……だめに決まってるでしょ。誰か来たら、どうするの？」

「大丈夫ですよ。内鍵はちゃんと閉めましたから、準備は万端です」

熟女は呆気に取られていたが、仕事場ではさすがに理性のほうが働くらしい。

居住まいを正し、キリッとした顔でたしなめた。

「営業会議があるでしょ」

壁時計を見やると、午後一時十五分を過ぎており、確かに情交を楽しむには無理がありそうだ。

「でも、こんなになってるんですよ」

腰を突きだし、股間の隆起を見せつけても、彼女は決して動じず、ツンとそっぽを向く。

（くうっ！　無理しちゃって、かわいいなぁ）

高潔な態度を見せられれば見せられるほど、牡の淫情はますます燃えあがるのだ。太一は細い手首を摑み、自身の下腹部に導いた。

「あ、や、やめなさい」

「ほら、すごいことになってるでしょ？」

貴和子は顔を横に振ったままだが、手は引っこめようとしない。労せずして男の膨らみを撫でまわさせ、ズボンの下の勃起が喜悦に打ち震えた。

「もうギンギンで我慢できないんです」

「あとで……」

「え？」

「今日は、夕方から打ち合わせが入ってるの……話は、そのあとで聞くから」

積極的なアプローチが功を奏したのか、堅物の女社長はついによこしまな要求を受けいれたのだ。

（やった！　これまた次のステップに繋げたぞ）

踊りだしたいほどの気分ではあるが、仕事終わりまで待てるかどうか。それに彼女は話を聞くと言っただけで、それ以外の行為は確約していないのである。

（もちろんエッチするとは言えるわけないけど、やっぱり間を置きたくないよな。打ち合わせがすぐに終わるかも、わからないし）

ここは、やはり用意してきたリーサルウェポンに頼るしかなさそうだ。

太一は貴和子の手で股間を撫でながら、不承不承頷いた。

「わかりました……残念だけど、そうします。その代わり、ぼくの願い、ひとつだけ聞いてくれますか？」

「え……な、何？」

「聞いてくれないと、この状態のまま会議室に行きますから」

「まるで駄々っ子ね……わかった、わかったわ。聞いてあげるから、いい加減に離れて」

言われるがまま身を離し、ズボンのポケットに手を突っこむ。中からピンク色の物体を取りだせば、女社長はすかさず眉をひそめた。

「これ、知ってますか？」

「し、知らないわ」

どうやら、清らかな熟女は初めて目にしたらしい。

太一が手にしたのは最新式のピンクローターで、昨日アダルトショップで購入したものだ。長さ八センチ、太さ三センチのグッズはナスのような形をしており、丸みを帯びた先端はやや曲がっている。

ビニールのパッケージを開け、ローターを手に取って差しだすも、貴和子は相変わらず怪訝な表情を崩さなかった。

「これを、あそこに挿れてほしいんです」

「な、何ですって？」

「もちろん、会議中もずっとですよ」

「い、いやよ、そんなの」

ようやくアダルトグッズだと気づいたのか、彼女は顔色を変えたが、臆《おく》することなく詰め寄る。

「ぼくの願い、聞いてくれるって言いましたよね？」

「そ、それは……」

「大丈夫ですよ、ただ挿れるだけですから。じっとしてれば、何も問題はありません」

「何が……目的なの？」

「目的なんてありません。ぼくが渡したものを身につけてくれたら、社長を身近に感じられる。それだけの理由です」

論理性のかけらもないせいか、熟女はなかなか首を縦に振らない。

太一は口角泡を飛ばしつつ、さらなる説得を試みた。

「ほら、ネクタイとかカフスボタンとか、恋人にプレゼントしたものと同じ理屈ですよ。彼氏が使ってるのを見たら、やっぱりうれしいでしょ？」

「わ、わかったわ……ただ挿れるだけなら」

「お、そうですか。この先っぽ、ちょっと曲がってますよね？　こちらを上にして挿れるんです」

ローターを手渡せば、貴和子は奇妙な物体をしげしげと見つめる。やがて上目遣いに睨みつけ、本来の目的を察したのかとドギマギした。

「何、ボーッと突っ立てるの？」

「はい？」

「あなたがいたんじゃ、つけたくてもつけられないでしょ」

「でも、ぼくたち、もう他人の関係じゃ……」

「出ていきなさい！」

「は、はい!!」

女社長は威厳たっぷりに言い放ち、反射的に背筋を伸ばして返答する。

太一はそそくさと出入り口に向かい、肩越しに念を押した。

「約束ですからね」

貴和子は何も答えず、ただ尖った視線を向けるばかりだ。

肩を窄めて社長室をあとにし、扉を背に息を大きく吐きだす。

(はあっ……嫌われてる様子は感じなかったし、とりあえず成功といっていいんじゃないか？　ローターを本当につけてくるかはわからないけど、それはあとのお楽しみということで……くくっ)

アダルトショップで購入したのは、ピンクローターだけではない。

様々なグッズで美熟女を苛《さいな》む光景が頭に浮かび、男の証はひたすらいななくばかりだった。

3

(どうして……こんなもの挿れなきゃならないの)

貴和子は奇妙な物体を手に、茫然自失《ぼうぜんじしつ》した。

これまでアダルトグッズを使用した経験は一度もなく、ピンクローターの存在は知っていても、小さな卵形の知識しかない。

このグッズはかなり大きく、通常状態のペニスを彷彿《ほうふつ》させる。

上下左右や裏側を見ても、電源らしきものは見当たらず、バイブ機能を搭載しているとは思えなかった。

（底のほうに、紐《ひも》の輪っかがついてるわ。なるほど、これを引っ張って膣から抜くのね……はあっ）

やはり、書き置きだけ残して帰ったのはまずかったか。まさか、こんな仕打ちをしてくるとは考えてもいなかった。

あの日、シャワーを浴びている最中、貴和子は部下と不適切な関係を結んでしまった事実に苦悩した。

肉の契りを交わしたばかりか、はしたない姿をいやというほど見せつけてしまったのである。激しい羞恥にうろたえ、どんな顔をして部屋に戻ればいいのかわからなかった。

それでも四年ぶりのセックスは牝の本能を覚醒させ、官能のほむらは身体の奥底でブスブス燻っていた。

もう一度抱かれたい、逞しい男根で身を貫かれたい。

部屋に戻った際、貴和子は寝ている太一を目にし、ようやくふだんの自分を取り戻した。

彼が起きるまで待つのも惨《みじ》めったらしく、書き置きしてから自室に戻り、慌てて帰り支度を整えたのだ。

本音を言えば、ちょっぴり残念な気持ちもないではなかったが……。

(納得できないのはわかるけど、こんなやり方ってないわ。しかも、会議中まで挿れてろなんて……)

時計の針は、会議の開始五分前を指している。すでに社員の多くは、会議室に集まっている頃だろう。そして、太一も……。

(悩んでる時間はないわ。約束は約束だし、ただ挿入するだけなら、どうってことないし)

覚悟を決めた貴和子はワンピースの裾をたくしあげ、ショーツをためらいがちに引き下ろした。

(ああ、社内でこんな破廉恥なことするなんて)

情けない気持ちになるも、なぜか胸が騒ぎ、子宮の奥が甘くひりつく。

(あたし、おかしいのかも……どうしちゃったのかしら？)

男の手を借りなくても、自分一人の力で生きていけると思っていたのに……。

たった一度の過ちで、これほどぐらついてしまうとは、貴和子は女の弱さを痛感するしかなかった。

「それにしても……変な形だわ。確か、ちょっと曲がってるほうを上にするんだっけ」

先端を正しい位置に向けると、胴体の途中に緩やかなこぶ状の山がふたつ見て取れる。

(何かしら、この突起……いけない、早く挿れないと)

貴和子は大股を開き、グッズの先端を膣口にあてがった。

「あ、けっこう……おっきいわ」

かなりの圧迫感はあるものの、雁首がないため、膣は奇天烈《きてれつ》な物体を容易に招き入れる。驚いたことに、根元まで埋めこんでも違和感はなく、まるで膣道と同化しているような感覚を与えた。

下着を穿いてから腰を上げ、試しに二、三歩歩いてみると、先端の曲がった部分が子宮口を、二カ所のこぶが膣天井を抉り、あまりの快感に悦の声が洩れた。

「あぁぁぁンっ……やあぁっ」

とっさに腰を折り、股間に手を当てて眉尻を下げる。

グッズが吹きこむ快感に震撼したものの、たじろいでいる暇はない。

貴和子は服装の乱れを整え、資料を手にゆっくり歩を進めた。

(大丈夫、慎重に歩けば、それほどつらくないわ)

会議室では椅子に座るため、大きな動作をしなければ、耐えられるはずだ。

扉を開け、エレベータに向かって小股で突き進む。

膣にふしだらなグッズを埋めこんでいると知ったら、社員らはどんな顔をするだろう。想像しただけで恥ずかしくなり、女体の中心が熱く火照った。

「……ふうっ」

エレベータに乗りこみ、会議室のある三階のボタンを押す。

壁にもたれた瞬間、三日前の出来事が甦り、意識せずとも胸が高鳴った。

(こんな恰好で、おしっこを飲まれたんだわ……そのあと、汚れたあそこを舐められて……あぁ)

淫らなシーンが頭から離れず、膣肉の狭間から愛の蜜が溢れだす。三階に到着すると、貴和子は頬に両の手をあてがい、無理にでも気を引きしめた。

歩くたびに官能電流が背筋を駆け抜け、身が小刻みに震える。愛液の湧出は自覚しており、クロッチには大きなシミが広がっているのではないか。

(あぁ、何なの？　これ)

会議室に達するや、早くも疲労感に見舞われたが、貴和子は努めて冷静さを保った。

部下たちの前で、ボーっとした表情を見せるわけにはいかない。自覚してからドアを開ければ、すでに社員らは縦長のテーブル席についている。

「ごめんなさい、ちょっと遅れちゃったわね」

頭を下げつつ上座の席に進む最中、忌々しい男の顔が視界に入った。

太一は左隣りの席に陣取り、こちらの様子を探るような視線を注ぐ。余裕綽々《よゆうしゃくしゃく》の態度に怒りの炎が燃えあがった。

(もう、ホントに憎らしい……会議が終わったら、クビにしてやるから!)

心の中で悪態をつきながら席につくと、右隣りの女性社員に声をかけられる。

「大丈夫ですか?」

「え、何が?」

「顔が赤いですけど……」

「だ、大丈夫よ。ちょっと風邪気味なだけ」

話を終わらせたところで、企画デザイン室の女性室長が立ちあがり、ホワイトボードの前に突き進んだ。

「社長、よろしいでしょうか？」

「え、ええ、始めて」

「それでは、今度の新製品のプレゼンをいたします。お手元の資料をご確認ください」

ようやくひと息つき、気分が落ち着きだす。

（おとなしく座っていれば、さほどの問題はないわ……なんとかなりそう）

それでも足を組もうとしただけでグッズが膣壁をこすり、快感と違和感に総毛立つ。どうやら、じっとしているしかなさそうだ。

会議はいつも一時間ほどで終わるが、このまま同じ姿勢を保てるだろうか。

室長は商品を手にセールスポイントを伝えはじめるも、まるで頭に入ってこない。太一は昼行灯《ひるあんどん》さながら、聞いているのかいないのか、いつもと変わらぬ態度だった。

説明する社員が入れ替わり、何点かの商品説明がされるなか、下腹部を動かさぬように身体の向きを幾度となく変える。それでも快感の微電流は消え失せず、女陰の疼きが鎮まることはなかった。

小さなものならまだしも、グッズは膣内をいっぱいに満たすほど大きいのだ。

会議中だというのに、いかがわしい代物に翻弄《ほんろう》されるとは情けない。

(はあ、やっぱり……こんなもの、挿れてこなきゃよかった)

小さな溜め息をついた直後、室長が席を立ち、周囲をぐるりと見回した。

「何か、ご質問はありませんか？」

営業部の社員が手を挙げることはなく、今度はこちらに視線が向けられる。

質問も何も、話が頭に入ってこないのだからどうしようもない。

とにかく、早く会議を終わらせたいという一点に全神経が集中していた。

「ありがと……よく理解できたわ。ご苦労様」

デザイン企画室の社員が帰り支度を整えるあいだ、壁時計をチラリと見やる。

(ようやく三十分……経ったのね)

今度は営業主任の男性社員がホワイトボードの脇に立ち、新製品に関しての営業戦略や販路拡大の意見を切りだした。

いつもなら当たり前の光景でも、妙にいらついてしまう。

こうなれば、きりのいいところで終わらせるしかない。

そう考えた瞬間、膣内のグッズがいきなり振動し、貴和子は突然の出来事に肩をビクンと震わせた。

（え、な、何!?）

股間を手で押さえても、バイブレーションは止まらず、快感のパルスが何倍にも増幅される。

やはり、このグッズにはバイブ機能が搭載されていたのだ。

それにしても、なぜいきなり稼働したのだろう。

怯えた眼差しを太一に向けると、右手をズボンのポケットに突っこんでいる。

（ひょっとして……遠隔操作？）

彼が手にしているのはリモコンに違いなく、そんなアダルトグッズがあるとは露ほども知らなかった。

（な、なんてことなの、ひどい、ひどいわ……あっ!?）

驚いたことに、ローターは強弱を自由に変えられるらしい。

振動は徐々に増していき、先端部や二カ所のこぶが性感ポイントをこれでもかと抉る。下腹部全体が心地いい浮遊感に包まれ、肉悦の高波が次々と容赦なく打ち寄せた。

（あ……ンぅ）

ハンカチを口元に添え、悦の声を懸命に堪えるも、性感はうなぎのぼりに上昇していく。

このまま、会議中にエクスタシーまで導かれてしまうのか。

内腿に渾身の力を込め、女のプライドをかけて踏ん張るも、ローターはさらに唸りをあげて膣内粘膜を引っ掻きまわした。

（あ、だ、だめ、だめっ……ンうっ!?）

まさに、絶頂寸前。グッズの振動が止まり、かろうじて正気を保つ。

顔をそっと上げれば、周囲の光景が涙で霞《かす》み、男性社員の声は今や子守歌にしか聞こえなかった。

（はあはあはあっ）

太一は横目で様子を探りつつ、破廉恥な状況を楽しんでいるのだろう。

本来なら、失神してもおかしくはないのだが、人間としての尊厳と羞恥心は捨てられない。

身体は火の玉のごとく燃えあがったまま、汗が浮かんだ額にハンカチをそっと押し当てる。とたんにローターが再び稼働し、貴和子は思わず身を屈めた。

今度のバイブレーションは微弱で、耐えられないほどではない。

三分、五分、十分。凶悪なグッズは適度な快感を途切れなく与えつづけ、知らずしらずのうちに膣内粘膜が収縮を開始した。

（ああ……いやっ）

全身の生毛《うぶげ》が逆立ち、甘い戦慄に呼吸が乱れる。逞しい男根が頭を掠め、牝の本能が多大なる肉欲を求める。

ショーツの裏地は大量の淫液にまみれ、今やぐしょ濡れの状態だ。

人の目がなければ、太一にしがみついていたのではないか。

口惜しいが、それが本音であり、おねだりしてでも狂おしい焦燥感を解消したかった。

（と、とにかく……早く社長室に戻って、中のものを取りださないと）

拳を握りしめた刹那、男性主任が大きな声をあげ、貴和子はハッとして顔を上げた。

「社長、どうですか？　今回の新製品の営業戦略はこんな感じで？　他に何か、お気づきの点はありますか？」

「え、いえ、それでオーケーよ。申し分ないと思うわ」

「それでは、今日の会議はこれにて終了いたします。営業担当は各自……」

主任の話を聞き終えることなく席を立ち、扉を開けてエレベータに向かう。

歩を進めるたびにローターが膣壁をこすりたて、熟女はあまりの掻痒感《そうようかん》に身悶《みもだ》えた。

（あ、うっ!?）

ここで立ち止まっても、快感からは逃れられない。

エレベータまで達し、ホッとひと息ついたところでローターが猛烈なバイブレーションを繰りだし、危うく膝から崩れ落ちそうになった。

（ひ、ひぃぃぃっ！）

まさか、これほど強烈なバイブ機能があったとは……。

会議室の扉は閉まったままで、太一は室内から遠隔操作しているのだろう。

両足が小刻みに震え、愛液がショーツ越しに滲《にじ》みだす。

エレベータに乗りこんでも振動の強さは変わらず、とうとう内腿沿いを伝って滴り落ちてきた。

（ああ、早く、早く！）

四階に到着し、女子トイレに駆けこもうとしたものの、下腹部から鳴り響くモーター音にためらいが生じる。

（もし、個室のとなりに誰か入ってたら……）

はしたない音はもちろん、下手をしたら喘ぎ声まで聞かれてしまうのではないか。貴和子は仕方なく、廊下の突き当たりにある社長室に向かった。

（あ、く、くうっ）

膣内の振動が脳天まで響き、額から大粒の汗が滴り落ちる。足元がふらつき、この日は三十メートルほどの距離がとてつもなく長く感じられた。

幸いにも総務部への人の出入りはなく、誰にも気づかれなさそうだ。

「はあはあ、はあぁぁっ」

なんとか社長室にたどり着き、入室してから胸を撫で下ろすも、気が抜けたせいか、快感の渦が深奥部から怒濤《どとう》のごとく迫りあがる。

（あ、イクっ、イッちゃいそう）

虚ろな目を宙にとどめた瞬間、扉がノックされ、貴和子は心臓が止まりそうなほどびっくりした。

「だ、誰？」

「ぼくですよ」

太一の来訪を、心のどこかで期待していたのは事実である。とはいえ、欲情している姿は見せたくない。

（ど、どうしよう）

扉を開けて招き入れるか、それとも内鍵をかけて追い払うか。

迷っているあいだにドアノブがくるりと回り、貴和子は不本意ながらも覚悟を決めるしかなかった。

4

「社長、忘れ物ですよ」

資料を手に室内に足を踏み入れ、即座に内鍵をかける。

貴和子の顔はすっかり上気し、両足が小刻みに震えていた。

汗の匂いに混じり、発情フェロモンがムンムン漂う。

（くくっ……こりゃ、色っぽい）

邪悪なアダルトグッズは、高潔な美熟女を官能地獄に陥れたに違いない。

すぐにでもすがりつき、甘い声音でおねだりしてくるのではないか。

ネクタイをほどきつつ、悠然と待ち受ければ、女社長はキッと睨みつけた。

「と、止めて」

「は?」

「止めてちょうだい」

「何をですか?」

薄ら笑いを浮かべた直後、しなやかな手が翻り、左頰がパシーンと乾いた音を響かせた。

「あっ!?」

「止めなさい!」

「しゃ、社長、ひどいです……ビンタするなんて」

「いいから、早く! 言うとおりにしないと、クビにするから!!」

「そんな……暴力に訴えたあとは、またパワハラですかぁ?」

泣き顔を装い、打たれた頰を恨めしげに撫でさする。貴和子の性格を顧みれば、激情に駆られるケースも考えなかったわけではない。

背筋をゾクゾクさせた太一は、うっとりした目で美貌の熟女を見つめた。

(た、たまらん……プライドの高い美女は、やっぱりこうでなきゃ)

山は高ければ高いほど、登頂したときの喜びは格別なもので、簡単に堕ちてしまったのでは張り合いがないというものだ。

ここに来て女社長への恋慕も最高潮に達し、スラックスの下のペニスがひと際しなった。

「わかりました……止めれば、いいんでしょ？」

ポケットに手を差し入れ、リモコンのスイッチをオフにする。

とたんに貴和子はホッとした表情に変わり、大きな息を吐きだした。

「はぁぁあぁっ」

「ところで、気になってたんですけど……あの奥の部屋は何ですか？」

「シャワー室と……お手洗いよ」

「ええっ！」

社長室に、シャワーとトイレが完備されているとは思ってもいなかった。

考えてみれば、アパレル系の女社長が身だしなみに気をつかうのは当然のことで、自然と口角が上がり、このあとの展開に思いを馳せる。

（エッチしても汗は流せるし、クローゼットがあるんだから、服が汚れても大丈夫ってことか）

貴和子はふらついた足取りで部屋の奥に向かい、肘掛《ひじか》け椅子に腰を落とす。

太一もあとに続き、資料とネクタイをデスクに置くや、再び右手をスラックスのポケットに突っこんだ。

リモコンの起動ボタンを八回押せば、熟女は眉をハの字に下げて身を起こす。

「あ、やっ……ンっ！　ンぅぅぅっ!!」

「ふふっ、このローター、強弱の切り替えが可能で十段階あるんですよ。会議室では六まで、エレベータ前では七、今は八の状態なんです」

「……なっ!?」

さらなる強力なバイブレーションがあろうとは、考えもしなかったのだろう。

貴和子は顔を上げ、ハンカチを持つ手を小さく震わせた。

「と、止めて……止めなさい……ホントに、クビにするわよ」

「え？　ぼくに対して、まだそんな口をきくんですか？　もう一段階、上げちゃいますよ」

「あンっ!?」

彼女はやけに甘ったるい声を放ち、股のあいだに両手を差し入れる。

細眉をたわめ、唇を嚙みしめる容貌が食べてしまいたいほど愛くるしい。

（か、かわいい……かわいすぎる！）

社長室に太一以外の社員は誰もおらず、はしたない姿をいくら見せつけても、驚かれることはないのだ。

やがて身体の震えが全身に波及し、ハンカチが床にふわりと落ちた。顔が首筋まで朱色に染まり、豊かな胸の膨らみが忙《せわ》しなく波打った。

甘酸っぱい匂いが立ちこめ、鼻をひくつかせるたびに脳幹を痺れさせる。

「あ、あ、あ……やっ」

「さてと……それじゃ、気持ちよくイッちゃいましょうか？」

太一はにやりと笑い、ローターの振動を最強に引きあげた。

「ンっ、ふううっ！」

貴和子は身をバウンドさせ、切なげに天を仰ぐ。そして股間に手を添えたまま、腰をぶるっぶるっと震わせた。

（ふふっ、イッたか？）

スイッチをオフにし、間合いを詰めながらワイシャツを脱ぎ捨てる。

インナーを頭から抜き取るあいだも、美熟女は椅子の背にもたれ、うっとりした顔で目を閉じていた。

どうやら、快楽の余韻にどっぷり浸っているらしい。

「さてと……それじゃ、グッズを取ってあげますよ」

ハイヒールを脱がせ、ワンピースの裾をたくしあげれば、こもりにこもった淫臭が熱気とともにムワッと立ちのぼった。

（くふぅ、いい匂い）

かなり発汗したのだろう、しっとりした太腿が手のひらにピタリと吸いつく。

貴和子は椅子に浅く腰かけており、両足を閉じているので、下着を脱がすのに都合がいい。

（おっ、パンティだ！）

淡紅色のショーツはやはり自社製品で、フロントの上部にバラの刺繡を施したレース仕様の代物だ。

太一は上縁に指を引っかけ、布地を慎重に捲り下ろした。

ヒップの重みも、何のその。力任せに引っ張り、するすると足首まですべり落ちる。

（お、おおっ）

クロッチは大量の愛液にまみれ、ぐっしょり濡れていた。

葛湯《くずゆ》を思わせる粘液がべったり張りつき、酸味の強い媚臭が鼻腔を燻す。

（しゃ、社長のほかほかパンティだ）

太一は足から抜き取った下着をズボンのポケットにしまいこみ、代わりに薄い楕円形のリモコンを取りだした。

(東京のホテルでは、奪い返されちゃったからな。これは、戦利品としてもらっておきますよ)

すかさず目を据わらせ、めくるめく瞬間に期待を募らせる。太一はネクタイを手にし、貴和子の背後に移動するや、後ろ手にして両手首を縛りつけた。

再び前面に回りこみ、右足を両手で摑んで持ちあげ、右の肘掛けに跨がせる。

「ンっ、ンぅぅっ……あ、ああっ!」

彼女はあられもない恰好に気づいたものの、もちろん両手を拘束されている状態ではままならない。

太一は労せずして左足も肘掛けに跨がせ、物の見事にM字開脚を完成させた。

「あ、や、やぁあああぁっ」

ワンピースの裾はウエスト付近まで捲られ、秘園を余すことなくさらけ出している。

太一は鋭い眼光を女の中心部に向け、予定どおりの展開にほくそ笑んだ。

厚みを増した肉びらはアケビさながら裂開し、すっかり溶け崩れている。桃色の肉塊の狭間から、これまたピンクの紐がちょこんと突きでていた。

どうやら、粘り気の強い花蜜はショーツを通して滲みでたらしい。内腿のほうまでへばりつき、照明の光を反射してキラキラと濡れ光る。

「やっ、やっ」

よほど恥ずかしいのか、先ほどの気勢はどこへやら。貴和子は顔を背け、口を真一文字に結んだ。

前回と同様、さっそく言葉責めで熟女の羞恥心をあおる。

「おやおや、すごいことになってますね。おマ×コ、ぐちょぐちょじゃないですか。クリちゃんも皮が捲れて、剝きだし状態ですよ」

「くっ」

太一は靴と靴下を脱ぎ捨て、スラックスを下着もろとも引き下ろした。

ペニスはすでに鋼の蛮刀と化し、鈴割れから前触れの液がじわりと滲みだす。

「真っ裸になっちゃいました。チ×コ、ビンビンですよ。見てください」

美熟女はそっぽを向いたまま、頑《かたく》なに目を開けようとしない。彼女にとっては、プライドを保持するための精いっぱいの抵抗なのだろう。

（さあて、どこまで我慢できるかな？）

太一はまたもやリモコンの電源を入れ、肉洞に微振動の刺激を与えた。

「ひぃうっ！」

スイッチを立て続けに押し、トップレベルのバイブレーションを吹きこむ。

「やっ、と、止めて、止めてぇ！」

「外に聞こえちゃいますよ……そんな大きな声を出さなくても、今、外してあげますからね」

膣の奥からモーター音が洩れ聞こえるなか、腰を落とし、膣口から飛びでたピンクの紐をつまむ。ゆっくり引っ張ると、貴和子は上体を弓なりに反らし、白い腹部をビクビクと引き攣らせた。

陰唇がダイヤモンド形に開き、ローターが徐々に顔を覗かせる。

コーラルピンクの内粘膜が飛びださんばかりに盛りあがり、狭間からやや濁った淫汁がどろっと溢れでた。

(す、すげえや)

生々しい女臭が鼻腔を掻きまわし、性欲本能が臨界点に達する。怒張は天を睨みつけたまま、ふたつの肉玉は早くも吊りあがっている状態だ。

「そうら、もうちょっとで抜けますよ」

「あ、あ、あ……」

貴和子は身を強ばらせ、自身の股間を切なげに見下ろす。

ここぞとばかりにローターを引き抜けば、顔をくしゃりとたわめ、腰を大きくバウンドさせた。

「あ、ひぃぃぃぃっ!!」

どうやらアクメに達したらしく、上方に向けた眼差しが虚空をさまよう。

太一はスイッチをオフにし、愛液でぬるぬるのローターを目の高さに掲げた。

淫らなグッズはなまめかしい照り輝きを放ち、鼻を近づければ、かぐわしい芳香を放つ。

(あぁ、このエッチな匂い……チ×ポを直撃しやがる)

剛直は下腹に張りついたまま、獰猛な牡のエキスが睾丸の中で暴れまわった。

刺激的なシチュエーションの連続で、太一の射精欲求も崖っぷちまで追い立てられているのだ。

「ふふっ、もう我慢できないんじゃないですか?」

逸る気持ちを抑えつつ問いかけるも、貴和子は何も答えず、厳寒の地に放りだされたように身をひくつかせた。

巨大な快感に神経回路が焼き切れたのか、こちらの声が届かないらしい。

(ちっ……ちょっと、やりすぎたか)

おねだりの言葉を聞きたかったのだが、この状況ではどうしようもない。太一は仕方なく立ちあがり、滾る男の分身をほころびた女肉の狭間にあてがった。

(こうなったら、セックスでよがり泣きさせてやる!)

腰を軽く突きだし、肉根を膣の中にねじこんでいく。二枚の濡れ羽が宝冠部をぱっくり咥えた瞬間、とろとろの内粘膜がうねりながら男根を手繰り寄せた。

(う、うおっ、何だよ、これ……気持ちよすぎる)

膣道を突き進むあいだも、ほっこりした柔肉が胴体をやんわり締めつけ、背骨が蕩けそうな快美に目を剝く。

「ンっ、ふうぅ!」

肉悦がぶり返したのか、貴和子が狂おしげに腰をよじるなか、ペニスがじゅくじゅくの媚肉に引き転がされた。

「ぬふぅっ!」

椅子の背もたれを鷲摑みにし、丹田に力を込めて放出願望を抑制する。

(と、とにかく、まずはさざ波ピストンでよがらせて……あ、おおっ)

腰を軽く前後させたとたん、膣襞が肉幹にべったり絡みつき、スローテンポの抽送にもかかわらず、ペニスに多大な肉悦を吹きこんだ。

(あ、や、やばいぃ……熟れ盛りのアラフォーを甘く見すぎてた)

高性能のアダルトグッズは予想以上の好結果をもたらしたが、焦燥感を与えすぎたのかもしれない。

せっかく牝の本能を目覚めさせたのに、結合の心地いい感触に抑えがきかず、白濁の溶岩流が出口に向かって集中する。

「はあっ、やっ、ンっ、はあぁっ」

くぐもった嬌声が聴覚を、悩ましいよがり姿が視覚を刺激し、放出願望をいやが上にも頂点に引っ張りあげた。

(だ、だめだ……これ以上は……我慢できない)

どうせ自制できないのなら、心ゆくまで腰を振って射精したい。

太一は腕の筋肉を盛りあげ、悪鬼の形相で雄々しいピストンを開始した。

「ひっ、ひぃぃやぁあぁっ！」

バツンバツンと、肉の打音が室内に反響する。汗がしぶき、肉襞とペニスのあいだで粘液が濁った糸を引く。

「ぬ、おおおっ」

目にもとまらぬ速さで抜き差しを繰り返すも、あまりにも濡れすぎているためか、摩擦力が次第に弱まる。それでも快感は緩まず、太一は天上に向かって一直線に駆けのぼった。

（ああ、くそっ、イク前にイカせたい！）

微かな望みを繋ぐも、貴和子は全身に力を込めて女の尊厳を守る。

結合部からじゅぷじゅぷと、濁音混じりの破裂音が絶え間なく響いた。

下腹部を椅子に固定させているので、ピストンの波動はストレートに子宮口を貫いているはず。

（もう少し、あと少しで……）

息を止め、ラストスパートとばかりに腰をしゃくりあげる。

「あ、あ、あ……」

やがて美熟女は唇をゆっくり開き、涙で濡れた瞳をゆらゆらと揺らした。

（く、くうっ……も、もう限界だ）

口惜しいが、交情でエスタシーに導くのは次の機会になりそうだ。

「ひっ、くっ！」

太一は最後に掘削の一撃を膣奥に叩きつけると、膣から剛槍を抜き取った。

「ぐはっ！」

肉胴がビクビクといななき、鈴口から濃厚な一番搾りが高々と舞いあがる。

ザーメンは白い糸を引き、貴和子の口元にまで跳ね飛んだ。

「……ンっ!?」

逞しい吐精は、一度きりでは収まらない。二発三発四発と連射し、ワンピーススーツを乳白色に染めていった。

「はあはあ、はああっ」
六、七回は射精しただろうか。荒い息が止まらず、脳裏に白い膜が張る。
貴和子は目を閉じたまま、ピクリとも動かない。

アクメに達したか否かの判断まではつかず、太一は気怠《けだる》い表情で陶酔のうねりに身を委ねた。

第五章　倒錯と愉悦の露出プレイ

1

「うう、腹いてぇ」

営業回りを終えた太一は、苦しげな顔で社に戻った。

本来なら直帰するつもりだったのだが、夕食のこってりラーメンがあたったらしい。

苦しみの源が肛門をノックし、額から脂汗が滴り落ちる。

時刻は、午後九時過ぎ。ほとんどの社員は帰宅しているはずで、表玄関は閉まっているはずだ。

太一は裏手の駐車場に車を停《と》め、一も二もなく社の裏口へ向かった。

パネルボタンに暗証番号を入力し、扉を開けて社内に飛びこむ。そのまま階段を駆けのぼり、脇目も振らずに三階へ向かった。

（くそっ、なんで三階なんだよ！）

この会社は女性社員が多いため、男子トイレは一カ所しかないのだ。

「ぐ、くっ……も、漏れそうだ」

数時間前は貴和子相手に快楽の限りを尽くしたのに、天国から地獄に真っ逆さまの気分を味わう。

三階に到着するや、トイレに入り、一目散に個室へ駆けこむ。ズボンとパンツを下ろし、便座に腰を下ろした瞬間、猛烈な破裂音が響き渡った。

「ま、間に合った……くふぁ、生きててよかったよ」

貴和子に仕事がなければ、今頃はホテルで官能の奈落《ならく》に堕としていたかもしれない。

放出したあとに連絡先の交換はしたものの、案の定、打ち合わせが長引いているらしく、今日は会えないと連絡が入った。

（あいだは空けたくなかったけど、そう都合よくばかりはいかないか。社内というのは、やっぱ……ちょい無茶だったかな）

彼女にしたら、大きな声を出せないのだから、快楽に集中できなかったとしても不思議ではない。

今度は無理のないよう、ゆったりした状況で事を進めなければ……。

やがて腹痛が消え失せ、やっとのことで安堵の吐息を洩らす。

(ようし、今度こそ、俺から離れられないようにしてやるぞ)

トイレットペーパーを手に取りながら決意を秘めたとたん、誰かがトイレに入ってくる音が聞こえた。

「おいおい、社内にいるときは電話してくるなと言っといただろ」

小声で話してはいるが、壁に反響してよく通る。

(この声、総務課長の松下さんだよな)

何やらただならぬ雰囲気に、太一は息を潜めて聞き耳を立てた。

「うん、今、トイレ……誰もいないから、大丈夫だよ……ああ、わかってる、明日は必ず会えるから……ホテルの部屋、予約してくれたんだろ？　うん、Ｔホテルの七〇三号室だな、わかった……会社が引けてから、七時過ぎに会おう……それじゃ」

電話を切ったのか、声が聞こえなくなり、トイレから出ていく気配が伝わる。

(今の会話って……どう考えても、変だよな。もしかして、不倫？　あの真面目《まじめ》で愛妻家と言われている松下さんが？)

だとしたら、相手は誰なのか。

「社内にいるときは」という言葉から推察するに、彼がまだ社に残っていることを知っている人間のはずだ。

（ということは……社内不倫か？　へえ、こりゃ意外だったな）

他人の不貞に首を突っこむ気はないが、相手が誰なのかは気になる。それ以上に、貴和子と接触する新たな口実ができたのは大きい。

（ようし、さっそく明日にでも！）

どう切りだすか、太一は尻を拭くことも忘れ、脳をフル回転させた。

2

「はあぁぁっ」

このところ、溜め息をつく機会がめっきり多くなった。

年下の部下と男女の関係を結び、昨日は社内でふしだらな行為に耽ってしまったのだ。

肘掛け椅子に拘束され、足を押っ広げて淫らな姿を見せつけてしまうとは。

思い返すたびに恥ずかしく、どうしても自己嫌悪から逃れられない。

(それにしても、あんなにいっぱい出すなんて……)

太一は精液を顔まで飛ばし、どろどろのワンピーススーツは家に持ち帰って処分するしかなかった。

それでも怒りの感情はなく、胸の奥が甘く軋《きし》んでいるのだから、自分はどうなってしまったのか、まったくもって理解不能だった。

(この椅子で、いやらしいこと……したんだわ)

いまだに精液臭が漂っている感じがし、いやでも悶々としてくる。

アダルトグッズで性感を翻弄され、セックスでは絶頂寸前まで追いこまれ、理性やモラルが吹き飛びそうになったのだ。

もし、けたたましい嬌声を他の社員に聞かれていたら……。

その場面を想像しただけで、背筋がゾッとした。

太一とは、これからどんな関係を築いていくことになるのだろう。

少なくても、昨日のようなアプローチは頑として拒否しなければ……。

固い決意を秘めた直後、扉がノックされ、貴和子は緊張の面持ちで身構えた。

「は、はい」

「失礼します」

聞き慣れた声が耳に届き、目の前がクラッとする。

時刻は午前十時。こんな早い時間から卑猥な行為に及ぶ気はさらさらない。

慌てて仕事中を装えば、太一がいつもと変わらぬ態度で入室してきた。

「おはようございます！」

「……おはよう」

彼には目を向けず、凜《りん》とした表情で書類に目を通す。

「いい天気ですね」

「……そうね」

「今日の予定は？」

「仕事が山積みよ……このあとは、打ち合わせも控えてるし」

「なんか、つれないですね。ぼくたちは……」

「用件は何？　用がないなら、出てって！」

険しい視線を向けると、太一は意味深な笑みを浮かべて近づいた。

「そんな邪険にしなくても、いいじゃないですか……もちろん、用件はありますよ。実はですね、社内で不倫してる人がいるんです」

「……え？」

不貞現場を目撃した日のことを思いだし、顔をしかめる。

「どうやら相手もこの会社の人みたいで、やっぱりまずいと思うんですよね」

「ど、どこから得た……情報なの？」

か細い声で問いかけると、太一は昨日の出来事をかいつまんで話し、貴和子はみるみる気色ばんだ。

「その男の人って……誰なの？」

「ううん、言ってもいいのかなぁ……絶対の確信があるわけじゃないし……なんか告げ口してるみたいでカッコ悪いし」

「言いなさい、これは社長命令よ！」

「命令を拒否したら……クビですか？」

「そう！」

念を押せば、彼はうれしそうに笑い、小さな声でぼそりと告げた。

「総務の松下課長です」

「……ああ」

覗き見の後ろめたさから対応を避けていたが、二人の不倫関係はまだ続いていたのだ。

「どうしたんです？　哀れっぽい声を出して……まさか、知ってたんですか？」

否定しなかったことから、こちらの胸の内を察したらしい。

太一はぽかんとしたあと、デスクに手をついてまくしたてた。

「いつ、どんなかたちで知ったんです？　相手の女性は誰ですか？　やっぱり、人妻ですか？　それとも独身？」

「う、うるさいわね……あなたに言う必要はないでしょ」

「でも……知ってたということは、現場を見たってことですよね？　ぼくと同じく密会する話を聞いたとか……それとも、ラブホテルに出入りするところを目撃したとか……どうなんですか!?」

「し、しつこい人ねぇ」

「ぼくだって、この会社の人間ですからね。倫理に反する行為を知ってしまった以上、見過ごしてはおけませんよ。教えてくれるまで、出ていきませんから！」

「どの口が言うの？　自分のしたことは棚に上げて」

「そ、それは……ぼくと社長は独身ですから、何も問題はないわけで……」

「社長室で迫るのが、倫理に反してないと思うわけ？　いやらしいアダルトグッズまで持ちこんで」

「す、すみません……それは改めます」

図々しい部下を咎めてから、現実問題に頭を悩ませる。

これまでは太一との関係に注意を削がれていたが、確かに既婚者同士の不貞はこのままにしておけない案件だ。

いったい、どうしたものか。

腕組みして思案するなか、とぼけた声が耳に届く。

「あのぉ……ぼくが、なんとかしましょうか？」

「……え？」

「いい考えがあるんですよ」

「大事になるのはいやよ」

「大丈夫です、誰にも知られずに二人を別れさせてみせますよ。その代わり、下準備がありますので、今日は仕事になりませんけど」

不安はあるが、いいアイデアが浮かばない以上、彼に託すしかないのかもしれない。

「もし、変なやり方だったら……」

「クビ、ですよね？　大丈夫、信用してください。今日の夜、二人は七時過ぎに密会するはずです。その時間だけ、空けといてくれますか？」

「私も出てかなきゃ、いけないの？　いやよ、二人と顔を合わせるなんて」

「そんなことにはなりませんから、安心してください」

「わ、わかったわ」

「それじゃ、さっそく行動を開始しますね」

「え、ええ」

颯爽とした足取りで社長室を出ていく部下を、不安げに見送る。

彼は、どんな方法でこの問題を解決するつもりなのか。

（時間を空けといてくれって、悪い予感しかないわ……はぁ）

貴和子はまたもや溜め息をつき、憂鬱な表情で仕事に取りかかった。

3

（まるで探偵だな）

その日の午後七時前、太一はＴホテルの七階の非常口でスタンバイしていた。

このホテルは何度か利用した経験があり、宿泊施設としての特色や建物の構造は把握している。スタッフは控えめなサービスを徹底しており、訳ありの男女が密会するには絶好の場所なのだ。

松下の不貞の証拠を摑む一方、貴和子との関係を確たるものにしなければ。

（松下さんに恨みはないけど、これも社長を堕とすため。許してくださいね）

舌舐めずりした直後、反対方向の曲がり角から人影が現れ、太一は観葉植物の陰に身を潜めた。

（あ、あ……お、大場さんじゃないか！）

ぱっちりした目、小さな鼻にふっくらした唇。ベビーフェイスの人妻は紛れもなく大場真由美で、男性社員からも人気の高い女性社員だ。

（ま、まさか、相手が大場さんなんて……信じられないよ。こっちも家庭的な人に見えたけど、人間てわからんもんだな）

葉陰のあいだからスマホで撮影するあいだ、彼女は七〇三号室の前で立ち止まり、カードキーで部屋の扉を開けた。

（ま、間違いない……不倫相手は、彼女だ……けっこうショックかも）

真由美が室内に姿を消し、とりあえずひと息つく。

二人の絡み合うシーンを想像しただけでムラっとし、いやが上にも牡の血が騒いだ。

（ああ、早く社長に会いたいな……松下さんは、いつ来るんだ？）

真由美の到着から十分が過ぎる頃、今度は松下が姿を見せる。

こちらは伊達メガネをかけているが、変装としてはあまりにもお粗末だ。

太一は彼の顔も写真に撮り、満足げに頷いた。

（さて、これでよしと）

松下が入室したところで、鉢植えに隠しておいた動画撮影用の小型カメラを回収し、黒いバッグを肩に担ぐ。そして、エレベータに向かいながら貴和子に連絡を取った。

「あ、社長ですか？　ぼくです……今、会社ですか？」

『ええ、そうよ……で、結果はどうだったの？』

「首尾は上々です。で、今からSホテルの七〇七号室に来てくれますか？」

『な、何ですって？　どうして……』

声のトーンが下がり、いかにも警戒しているようだが、彼女が来なければ、計画は完遂しないのだ。

「そこで、どういう方法で二人を別れさせるか、ちゃんと説明しますよ」

『まさか……騙《だま》すんじゃないでしょうね？』

「今さら、そんなことしませんよ。社長も、十分納得するはずです」

『わかった……これから向かうわ。Ｓホテルの七〇七号室ね』

「そうです、急いで来てくださいよ」

電話を切り、エレベータで一階に下りる。

（さあ、忙しくなるぞ）

Ｔホテルをあとにした太一は、その足でＳホテルを目指した。

距離は百五十メートルほどで、さほどの時間は要さず、エントラスを通り抜けてフロントに走り寄る。

（ふう、やっぱり慌ただしいな……でも、あともうひと仕事が残ってるからな）

太一は部屋のカードキーを受け取ると、あらかじめ予約していた七〇七号室に向かった。

額に滲んだ汗を手の甲で拭《ぬぐ》い、七階に到着するやいなや、脱兎《だっと》のごとく部屋に駆けこむ。そのまま真正面の窓まで突き進み、バッグを床に下ろしてから上着を脱ぎ捨てた。

「シャッターチャンスがあれば、いいんだけど……ええと、どこだ……あっ、あそこだ、しめた！」

目を見開き、百五十メートル先にある建物を凝視する。太一が見つめていたのはTホテルの七〇三号室で、カーテンは閉まっていなかった。

（ふふっ……あっちのホテルを利用する客って、カーテンを閉めない奴が多いんだよな）

すかさずバッグから望遠レンズを取りだし、スマホに装着する。画面を確認すれば、向かいのホテルの部屋が間近に見て取れた。

「おお、すごいや、これほど近くに見えるなんて」

対象物を鮮明に捉えられるか半信半疑だったが、文明の利器にはただ驚くばかりだ。

（おっ!?）

ガラス窓の向こうにバスローブを着た男が現れ、すかさずシャッターを押しつづける。続いて右方向から同じ恰好の女が近づき、抱擁しながら熱い口づけを交わした。

「なんてグッドタイミングなんだ！」

決定的な不倫の証拠をカメラに収めると、彼らはベッドに向かったのか、画面から姿を消す。望遠レンズを外し、スマホをチェックすれば、松下と真由美の顔がはっきり映っていた。

（か、完璧だ）

ネクタイをほどいて冷蔵庫に歩み寄り、中から取りだした缶ビールをグイグイと飲み干す。

「ぷふぁ、うめぇ……今日は、ホントに忙しかったもんな」

Sホテルに部屋の予約をしたあと、電機ショップで小型カメラと望遠レンズを購入し、慌ただしい一日を過ごした。

期待どおりの成果を収め、あとは貴和子の来訪を待つばかりだ。

ビールを空けた直後にチャイムが鳴り、いそいそと出入り口に向かう。

扉を開けると、貴和子が佇んでおり、頬がうっすら紅潮していた。

「どうしたんですか？　肩で息をして」

「あなたが、急いで来いって言ったからでしょ」

「あ、そうでした……ま、どうぞ入ってください。結果を、お見せしますよ」

美熟女は室内をチラリと覗き、誰もいないことを確認してから恐るおそる入室した。

「あの二人……このホテルで密会してるの？」

「いえ、向かいのホテルですよ。窓から見えるでしょ？」

「え、ええ……じゃ、このホテルは？」

「望遠レンズでね、現場写真を撮ったんですよ」

「ええっ？」

「向こうのホテルでは、二人が同じ部屋に入るときの写真と動画を、こちらのホテルでは窓際でキスする瞬間を撮影したわけです。見てください」

スマホの画面をスライドさせ、苦労して撮った写真を次々に披露する。

「こ、これを……どうするの？」

「二人に、写真と動画を匿名で送りつけるんです。今すぐに別れないと、公にするという文面を添えてね。これは、泡を食いますよ。自分たちの関係を誰かが知っているわけで、その恐怖心といったら、言葉では言い表せないはずです。いやでも、別れるしかないですよね」

「……そういうことなの」

「ね？　これなら大事になることもなく、問題を解決できるでしょ？」

「お、怖れいったわ」

「部屋の予約や機材の準備に、多少の金は使いましたけど」

「経費で落とすわ」

「いいですよ、そんなの。社長のお役に立てれば……その代わり……」

「……あっ」

ふくよかな身体を抱き寄せ、情熱的なキスで艶やかなリップを貪り味わう。

首筋からソープの香りが仄《ほの》かに漂い、甘い予感に胸が躍った。

彼女は事前にシャワーを浴びており、心のどこかで期待していたのは間違いないのだ。

「やっ……やめて」

貴和子はすかさず唇をほどいたが、腕を摑んで離さない。

「せっかく、部屋を予約したんですよ」

「そんなつもりで来たんじゃないわ。今度のことは社にとっても大切な案件だし、私も仕事だと思って……」

「もう仕事は終わりましたよ。今はプライベートな時間ですし、社長と二人だけの時間を過ごしたいんです」

「好きです、初めてお会いしたときから……結婚を前提につき合ってください」

太一は真剣な表情で愛の告白をし、女社長の顔をじっと見つめた。

これぞ最終手段、ストレートな愛情表現で頑なな女心を溶かすのだ。

あまりにも唐突すぎたのか、彼女は呆然としている。

「……からかってるの？」

「そんなつもりはありません」

「じゃ、本気で言ってるの？」

「もちろん、本気ですよ」

「でも……歳だって離れてるし……」

「関係ありませんよ、歳の差なんて」

嘘偽りのない言葉を返し、再び抱きしめれば、華奢な肩が小さく震える。さらには乙女のような恥じらいを見せ、可憐な仕草に股間の肉槍が突っ張った。

「社長がほしいです」

貴和子は、もう何も答えない。胸に顔を埋めたまま腰に手を回し、太一は同意と受け取った。

「そう言われても……」

「こっちに来てください」

「……あンっ」

手を引っ張ってベッドに連れていき、ブランケットを払いのける。

ジャケットを脱がせ、純白のシーツに押し倒せば、漆黒の瞳はすでにしっとり濡れていた。

ブラウスのボタンとスカートのホックを外し、ファスナーを引き下ろす。

「あ、お願い、シャワーを……」

汗を掻いたせいか、それとも心の準備がほしいのか。

貴和子は弱々しい声で懇願するも、太一は当然とばかりに拒否した。

「だめです、もう我慢できません！」

「待って……自分で脱ぐわ。服を汚されたら、いやだもの」

最後に言い訳を繕うも、自らの意思で受けいれてくれたのは初めてのことだ。

美熟女は身を起こし、パンプスを床に落としてブラウスに手を添える。

太一も革靴と靴下に続き、ワイシャツとインナーを忙しなく脱ぎ捨てた。

スラックスを下ろせば、トランクスのフロントは大きなテントを張っている。

自然と鼻息が荒くなり、ギラギラした目を向ければ、貴和子はすでに衣服を脱ぎ、横座りの体勢からブラジャーを外している最中だった。

「お、お……も、もうだめっ！」

「あ、やンっ」

ブラを腕から抜き取ったところで、獣のように襲いかかる。シーツに押し倒し、耳から首筋に舌を這わせ、甘酸っぱい匂いを胸いっぱいに吸いこんだ。

「……汗臭いわ」

「へ？」

「シャワーは浴びたの？」

「え、ええ……浴びました」

「嘘、おっしゃい！」

「いででっ！」

口元をつねられ、痛みに悲鳴をあげるも、今は流れを止めたくない。すかさず乳房を手のひらで練り、なし崩しに性感を撫であげる。さらに唇を奪い、甘いディープキスで脳神経を蕩けさせた。

「う、ふぅン」

鼻からくぐもった吐息が洩れ、身が微かにくねりだす。

太一は右手を下腹部に伸ばし、Y字の中心に指を潜らせた。

「うっ!? ふわっ」

熱い息が口中に吹きこまれ、美脚が一直線に突っ張る。

ショーツの船底は早くも湿り気を帯び、軽く擦っただけで小さな肉の突起がみるみる盛りあがった。

(ああ、すごい……布地越しでも、愛液がどんどん溢れてくるのがわかるぞ)

迷うことなく指先を蠢動させた直後、細い手がトランクスの頭頂部を掴み、巨大な快感電流が身を駆け抜けた。

(お、おおおっ、自分から!?)

やはり、愛の告白は多大な影響をもたらしたらしい。

積極的な振る舞いに性的な昂奮が上昇し、ペニスがフル勃起する。

ショーツの裾から指をすべらせると、愛液がくちゅんと淫らな音を奏でた。

「あぁ、もうこんなに濡れてます!」

「あ、やぁっ」

指先を跳ね躍らせるたびに猥音が響き、貴和子が頬を染めて身悶える。

「クリちゃんも、こんなに大きくなって……社長のおマ×コ、エッチなおしるでべとべとですよ」

「あ、ふうっ」

卑猥な言葉を投げかけ、指を女芯に戯れさせては様子をうかがう。

悩ましい容貌に射精願望が頂点に導かれ、牡の肉が熱い脈動を訴えた。

「どうしてほしいんですか？」

「これ……これがほしいわ」

「何が、ほしいんです？　ちゃんと言ってくれないと、わかりませんよ」

美熟女はすでに涙目になり、顔を耳たぶまで赤らめている。

ムンムンとしたフェロモンを全身から発散させ、彼女の性感も極みに達しているとしか思えない。

「……チン」

「え、何ですか？　声が小さすぎて、わかりませんよ」

貴和子は喉をコクンと鳴らし、ややためらいがちに男性器の俗称を口にした。

「……おチ×チン」

「おチ×チンを、どこに挿れるんです？」

さすがにハードルが高いのか、麗しの熟女は口を噤んだまま答えない。

(それは、あとのお楽しみに取っておくか……おっ！)

しなやかな指が下着の上縁からすべりこみ、怒張をギュッと握られる。

猛烈な勢いでしごかれると、太一は唇をタコのように突きだした。

「くおおっ、そ、そんなにしごいたら出ちゃいますよ」

「挿れて、早く挿れて」

「いや、その前にクンニを……」

「だめっ！　早くっ！」

「言うこと聞かないと……クビですか？」

「うぅン……そうよ」

太一は苦笑を洩らしたあと、仕方なくトランクスを脱ぎ捨てた。

(ここまで昂奮させたんだし、今は指示どおりにしたほうがいいかも。でも、すぐにイッちゃいそうなんだよな)

貴和子は両足をくの字に曲げ、ショーツをするすると引き下ろす。

足首から抜き取った布地を枕の下に忍ばせ、ふだんの凜とした姿からは想像できぬ媚びた眼差しを向けた。

「……来て」

「あ、うっ」

腕を引っ張られ、美脚のあいだに腰を割り入れる。女の花はすっかり開花し、とろめく柔襞が男根を待ち侘《わ》びるかのように蠢いた。

（ようし、また焦らしてやれ）

ペニスを握りしめ、先端でスリットをなぞり、はたまたルビー色に輝く陰核にこすりつける。

「はあぁあぁっ！　いやっ!!」

「すごい、ぬるぬるですよ」

「挿れて！　挿れてっ！」

「ちょっと待ってくださいね。先っぽだけ、挿れますから」

太一は宝冠部を膣口に埋めこみ、軽いスライドでソフトな快感を吹きこんだ。ときには臀部をくるくる回し、膣前庭を攪拌して悦に入る。

「もっと、もっと……く、はあぁあぁっ」

「もっと、何ですか？　あっ!?」

貴和子の性感は、臨界点を遥《はる》かに越えていたらしい。突如として跳ね起き、手のひらを胸に押し当てた。

女とは思えぬ力に目を剝き、もんどり打って倒れこむ。彼女はそのまま腰を跨がり、垂直に起こしたペニスを股ぐらの奥に差し入れた。

「あ、ちょっ……待ってくださ……むふぅぅっ！」

プライドの高い女性が、まさか騎乗位の体勢から結合を試みようとは想定していなかった。

びっくりするやら、うれしいやら、口元をにやつかせた直後、剛直はぬかるんだ肉洞にズブズブと埋めこまれていった。

「む、むむっ」

「あ、はぁあぁあン！」

ペニスが根元まで埋没し、肉胴がねとねとの膣内粘膜にしっぽり包まれる。貴和子はヒップを揺り動かし、軽やかなスライドで男根を蹂躙《じゅうりん》していった。

豊満な双臀が、太腿をバチンバチンと打ち鳴らす。怒張が柔襞に揉み転がされ、溢れでた愛蜜が陰嚢《いんのう》を温かく濡らす。

「はあっ、おっきくて硬い……気持ちいいわぁ」

「むっ、むっ、むっ！」

下腹部を襲う圧迫感に息を詰まらせるも、快感の乱気流に巻きこまれ、射精欲求がうなぎのぼりに上昇した。

（あ、あ、す、すげえ、こんなに腰を振って……これが熟女盛りの性欲かぁ！）

高慢な女社長を、ほぼ完堕ちさせたといっていいのではないか。

とはいえ、彼女の激変ぶりが新鮮な刺激を与え、自制心がまったく働かない。

シーツに爪を立てても快美に抗えず、欲望の奔流に呑みこまれた。

「あ、ああ、しゃ、社長、そんなに激しくしたらイクっ、イッちゃいますよ！」

「ま、待って、あたしもイクから！」

「あ、おおおっ！」

貴和子は巨尻をグリンと振りまわし、とろとろの媚肉でペニスを引き絞る。一条の光が脳天を貫いた瞬間、太一は身を仰け反らせて腰を突きあげた。

「ひぃうっ！」

「ああっ、イクっ！　イクぅぅぅっ!!」

男根が膣からぶるんと抜け落ち、すかさず尿管からザーメンが噴きあがる。

「あ、ああっ」

熱いしぶきが自身の首筋まで跳ね飛び、猛々しい吐精が繰り返されるなか、貴和子は後方に倒れこみ、むちむちの太腿を小刻みに痙攣させた。

「あうっ、あうっ！」

セックスでメロメロにするチャンスを迎えたのに、こんなに早く放出してしまうとは……。

悔しげに口を歪めるも、太一の目はまだ輝きを失っていなかった。

4

（ああ……気持ちよかったわ）

最後のひと突きでアクメに導かれ、甘美な陶酔感に酔いしれる。

太一がシャワーを浴びているあいだ、貴和子はベッドに横たわったまま虚ろな表情で天井を見上げた。

（それにしても……あの子、本気かしら？）

愛の告白だけでもびっくりしたのに、結婚を前提に交際を申しこまれるとは。

いや、彼のお調子者ぶりを顧みれば、冗談としか思えず、ましてや十二も年下の不誠実な男では信用できない。

（どうせ、そのうち若い女の子に走るんだわ）

浮気男はもう懲りごりのはずなのに、なぜか胸の奥がざわつく。

元夫を始め、交際してきた男たちが優しかったのは最初のうちだけで、仲が深まるごとに自己中心的な性格を露にした。

（あの子だけは、入社当時から変わらないわ。もしかして、あの告白も……）

本気なのではと考えてしまうのも、女の浅はかさか。

（バカみたい……あんないい加減な男の言うことを間に受けるなんて）

自嘲《じちょう》の笑みを浮かべた刹那、太一が浴室から全裸で現れ、慌ててブランケットで身を隠す。

「あぁ、さっぱりしましたよ」

彼は男性器をぶらぶらさせて歩み寄り、あからさまに腰を突きだした。

「わ、私もシャワーを……きゃっ」

ブランケットを剝《は》ぎ取られ、恥ずかしさに身を縮ませる。

「だめです、まだこれからなんですから」

「ひ、ひどいわ……自分だけ汗を流して」

「ひどいのは、そっちですよ。あっという間にイカせるなんて。でも……すごい魅力的でしたよ」

「また……すぐそうやって、からかうんだから」

「からかってなんかいませんよ。それに、さっきの営みじゃ、満足できなかったでしょ？」

「そ、そんなこと……ないわ」

「今度は、たっぷりと満足させてあげますからね」

「あ、ああ……」

驚いたことに、ペニスが目の前でぐんぐん鎌首《かまくび》をもたげていく。数分前に射精したばかりなのに、なんと凄まじい精力なのか。

太一はそのまま覆い被さり、首筋から胸元に舌をすべらせた。

「乳首が、まだしこり勃ってますよ」

「あ、やっ、ンぅっ」

手のひらで乳肉を揺らされ、乳頭が舐め転がされる。乳房を荒々しく揉みしだかれたとたん、秘裂からまたもや大量の恥液が溢れこぼれた。

舌先はボディラインをすべり落ち、臍《へそ》の周囲をレロレロと這いまわる。

「あ、くふっ、くっふぅぅン」

「さて、女の湖はどうなってますかね？」

「あ、ああン、だ、だめぇ……そこは汚れてるから……やああっ」

いやよいやよと言いながら、さほどの抵抗も見せずに両足を開いてしまう。

太一は股の付け根に顔を埋め、ぴちゃぴちゃと猫がミルクを舐めるように舌をそよがせた。

「あっ、ふっ、やっ、くっ、ンはぁぁっ」

ソフトな口戯だけでも身がゾクゾクし、アクメ寸前まで追いつめられる。

感度がすっかりよくなったのか、ちょっとした刺激でも性の悦びに打ち震えてしまうのだ。

(あっ、あっ、イッちゃいそう)

腰をわななかせた瞬間、舌先が敏感な箇所から離れ、切なげに身をよじる。

「あぁ、いやっ」

恨めしげな眼差しを向ければ、太一はにやりと笑い、腰の側面に大きな手を添えた。

「もっともっと気持ちよくさせてあげますよ。四つん這いになってください」

「……え？」

「さ、早く」

「あぁン」

強引に俯せにさせられ、仕方なくヒップをそろりそろりと突きあげる。

(ああ、こんな犬みたいな恰好)

羞恥に目を閉じれば、何やらゴソゴソと奇妙な音が聞こえ、やがて肛穴にひんやりした感触が走った。

「ひっ！　な、何!?」

「じっとしてて！　これは社員命令ですよ」

「そんな命令ないわ」

肩越しに振り返ると、床にあったはずのバッグがベッドに置かれ、チャックが開いている。

「な、何をしたの？」

「心配いりません。単なるワセリンですから」

「ワセリンって……あっ！」

裏門が異物感に見舞われ、貴和子は思わず顔をしかめた。

「あっ、やっ、やっ」

「力を抜いてくださいね」

「何を挿れてるの……く、くふぅ」

棒状の物体が裏門を通り抜け、腸内深くまで埋めこまれていく。アヌスを攻められるのは初めてのことで、すぐさま屈辱と不安がのしかかった。

「や、やめて、こんなこと……許さないわよ」

「許すも許さないも、旦那《だんな》さんの言うことはちゃんと聞くものですよ」

「な、何が旦那さんよ……あ、くふぅぅっ！」

変態的な行為に身の毛がよだつも、快楽の洪水が禁断の場所に押し寄せる。

「ふふっ、どうですか？　アナルパールの味は？」

「アナルパール？」

「小さな玉が数珠《じゅず》のように並んでいる大人のおもちゃですよ。今、最初の玉を肛門から引き抜いたところです。二つ目の玉も抜いてあげますね」

「はうぅぅぅっ！」

排泄時の心地よさに似た感触に、貴和子は高らかな嬌声を発した。

クリットや膣内とは次元の違う新感覚に戸惑い、眉をたわめてはシーツを引き絞る。

「玉は、全部で七つありますからね。はい、三つ、四つ」

「はっ、やっ、くっ、あっ！」

七つの玉が抜かれ、ホッとしたのも束の間、太一はまたもやアナルパールとやらを腸内深くに突き進めた。

「くふぅぅぅぅっ！」

同じ手順を繰り返されるうちに、生理的な嫌悪は徐々に恍惚《こうこつ》へと変化する。

「ふふっ、社長、お尻のほうが感じるみたいですね」

「そ、そんなこと……嘘よ」

「嘘じゃないですよ、股のあいだを見てごらんなさい」

言われるがまま身を浮かし、恐るおそる股ぐらを覗けば、愛液がシーツに向かってゆるゆると垂れていた。

（こんな、こんなことって……）

認めたくないが、アヌスを攻められて感じているのは事実なのだ。

太一は腕を打ち振り、アダルトグッズの抜き差しを速めた。

「あ、おおぉぉぉっ！」

「ふっ、肛門がカルデラ状に盛りあがってますよ」

人格を破壊されそうな快美が、裏の花弁にこれでもかと吹き荒れる。

力を込めて抵抗しようにも、括約筋を締められず、自分の意思ではどうにもならない。

「あっ、やっ、だめっ、イクっ、イクっ、イックぅぅぅっ！」

貴和子は黒目をひっくり返し、あっという間に性の頂にのぼりつめた。

横から崩れ落ち、身を激しく痙攣させる。

まさか、アヌスを攻められてイッてしまうとは……。

今まで味わったことのない絶頂感に、心の底から酔いしれた。

「すごいですね、お尻の穴でもイッちゃうなんて……社長が、こんなに変態だとは知りませんでしたよ」

肛穴に新たなグッズがあてがわれても、熟女は愉悦の世界をさまよっていた。

「今度は、普通の小さなピンクローターです……おぉ、お尻の穴がぱっくり開いて、すんなり入りましたよ」

「あっ、くっ！」

ローターが振動を開始し、腸内粘膜を引っ掻きまわす。快楽がぶり返したところで腕を引っ張られ、貴和子は虚ろな表情で身を起こした。

「大丈夫ですか？　立てますか？」

「あ、あ……」

意識が朦朧とし、目の前の光景がぐにゃりと歪む。ベッドから下ろされ、俯き加減でふらつけば、太一は手を摑んだまま歩きはじめた。

（……え？）

涙で霞んだ向こうに、壁から十センチほど奥まった場所に嵌めこまれたガラス窓が見える。

高さは腰の位置から天井付近まで、横幅は一・五メートルほどだろうか。

得体の知れない不安に襲われ、貴和子は頰を強ばらせた。

「ど、どこに行くの？」

「そこの窓ですよ」

「い、いやよ」

踏ん張ろうにも力が入らず、窓際まで連れていかれる。太一は後ろから腰を抱えあげ、身体が宙にふわりと浮かんだ。

「あっ!?　やっ、やっ！」

「さあ、たっぷり楽しみましょうね」

窓の外の景色が視界に入り、戦慄に顔色を失うも、抗う術《すべ》は見いだせない。

貴和子は無意識のうちに顔を背け、唇を強く嚙みしめた。

「壁の出っ張りに足をかけてください、そう、そうです……ほら、向こうのホテルの客たちが社長のふしだらな姿を見てますよ。五人、六人、いや、もっといるかな？」

「嘘、嘘よ！」

「このふたつのホテルはね、マニアのあいだでは有名なんです。窓際のカーテン、閉めてない部屋が多いでしょ？　互いにエッチしてる姿を見せ合って、露出プレイを楽しんでいるというわけです……あっ⁉」

「な、何っ？」

「松下さんが気づいたみたいですよ。大場さんまで出てきました！」

「あっ、ぐっ⁉」

太一はバックからペニスを膣内に挿入し、腰をガツンと突きあげる。腸内のローターは凶悪な振動を繰り返し、究極の二穴攻めに快感がV字回復した。

「もっと、ちゃんと見せてあげましょうよ」

「ひっ、ひぃぃぃっ！」

破廉恥な男は両太腿の裏側に手を添え、あらん限りの力で左右に広げる。身が切られる思いに耐え忍ぶなか、さらなるショックに心臓が萎縮した。

「あっ、二人とも身を乗りだして見てますよ！」

「やめて、やめて！」

「大丈夫！　この距離なら、どこの誰かなんてわかりませんから！　ほら、手を振ってあげたらどうですか？」

薄目を開けてチラリと確認すれば、真正面の部屋のカップルが確かにこちらを見ているではないか。

「いやぁあっ……あっ、くっ」

怒濤のピストンが開始され、結合部からぐっちゅぐっちゅと濁音混じりの肉擦れ音が響き渡った。

「あ、あ、あ……」

薄い粘膜を通してペニスとグッズがゴリゴリとこすれ合い、切ない痺れが子宮を灼《や》く。めくるめく快感に呑みこまれ、感電にも似た甘い情動に思考が蕩ける。

「ぬ、おおぉおっ」

「あっ、やっ、ンっ、ふっ！　あ、はぁあぁあぁっ!!」

これまで経験したことのない肉悦に目が眩《くら》み、甘いしぶきが手足の先まで拡散した。痴態を複数の人間に見られているという倒錯的な状況が、高潔な熟女に新鮮な刺激を吹きこんだ。

「ああ、いいっ、いいっ！　いやぁあぁぁっ！」

涙がぼろぼろ溢れ、恥も外聞もなく噎《むせ》び泣く。

スライドのピッチが上がるたびに、貴和子は官能の奈落に堕ちていった。

「どこが、いいんですか？」

「お尻……お尻」

「もうひとつ、あるでしょ!?」

「あ、あ……おマ×コ、おマ×コよぉぉぉっ！」

とうとう女性器の俗称を言わされ、身が裂けそうな羞恥に翻弄される。

それでも快楽のタイフーンは勢力を弱めず、女のプライドも人間としてのモラルも根こそぎなぎ倒した。

「あっ、イクっ、イッちゃう！」

「いいですよ、何回でもイカせてあげますから！」

情け容赦ないピストンが延々と繰り返され、逞しい逸物が子宮口を貫く。

貴和子は口をぱかっと開き、身をよじりながら愉楽の頂点を極めた。

「イクっ、イクっ！　イクイクっ、イックぅぅぅンっ!!」

肉悦のパルスが身を灼き尽くし、荒波に揉まれる小舟のように感情をコントロールできない。

四肢を震わせ、総身を跳ねあげる。七色の閃光が脳裏を駆け巡り、性感覚が極限まで研ぎ澄まされる。

愛欲の炎に身を包まれた貴和子は、女の悦びを全身全霊で享受してた。

第六章　愛欲にまみれる美人母娘

1

「な、何ですって!?」

三日後の金曜日、貴和子は社長室を訪れた太一の懇願に目を丸くした。

彼の住むアパートのキッチン下の配管が老朽化から破裂し、部屋が水浸しになったらしい。修理や内装の貼《は》り替えに一週間かかるそうで、そのあいだ、貴和子の家に居候させてほしいと言いだしたのである。

「じょ、冗談じゃないわ！」

年頃の娘がいるのに、性獣を自宅に招き入れるわけにはいかない。

憤慨して拒否すると、太一は拝み手で頭を下げる。

「お願いしますよ、社長しか頼る人がいないんです！」

「管理会社のほうで、仮住まいのアパートを用意してくれないの？」

「それが、ちょうど空きがないらしくて……」

「大家さんは？　ホテル代、出してもらえばいいじゃないの」

「そう思ったんですけど、ホテルじゃ、身の回りの生活用品をすべて持っていくのは無理でしょ？　社長のお宅なら、営業車で運べるじゃないですか」

「だめよ、お断りするわ」

「そんなこと、言わないでくださいよ。たったの一週間じゃないですか」

「だめったら、だめ」

無下な態度で断ると、太一は猫撫で声で擦り寄った。

「ぼくたち、他人じゃないですよね？」

「そ、それが、どうしたの？」

「結婚……するんでしょ？」

「ちょ、ちょっと、誰がそんな約束を……」

三日前の出来事が頭を掠め、顔はもちろん、身も火照る。

とうとうセックスでエクスタシーに導かれてしまい、狂乱の姿をいやというほど見せつけてしまったのだ。

認めたくなくても、あの日の出来事は決して消え失せない。愛の告白はからかっているだけかと思ったのだが、結婚という言葉が女心を激しく揺さぶった。

「今回は、そのための予行練習ということでどうでしょう」

「そ、そんなこと、第一、娘とは今、冷戦状態だし……」

「冷戦？　やっぱり喧嘩でもしたんですか？」

「娘ね……つき合ってる男がいるみたいなの、そのことでちょっとね」

「なるほど、相談に乗りますよ」

「余計なお世話よ！」

「まあまあ……でも、それなら逆にいいんじゃないですか？」

「え？」

「二人きりだと、やっぱり空気が重たいでしょ。あいだにぼくがいれば、言い争うことはないだろうし、緩衝材の役割になると思うんですけど」

なるほど、確かに一理ある。

だが、大切な娘をこの男に紹介するのはやはり不安を感じてしまう。

心の内を察したのか、太一は両手を広げ、やたらオーバーアクションで先手を打ってきた。

「娘さんのことは、心配しなくても大丈夫ですよ。ぼくは昔から年上好みですし、子供には興味ないですからね。それに、今は社長に夢中なんだから」

彼の言い分は信じたいが、お調子者だけに、どうしても踏ん切りがつかない。

「わかりました！　もし娘さんにちょっとでもよこしまな態度を見せたら、そのときはクビにしてもらってけっこうです」

「クビをかけてでも誓う、ということね？」

「ええ、なんでしたら、すぐに退職届を書きますから、それを預かってもらってもいいですよ」

胸を張って答える太一をじっと見据えた貴和子は、ようやく頬を緩めた。

「はあっ……仕方ないわね」

「ホ、ホントですか!?」

「そこまで言われたら、断れないでしょ」

「さすが、社長！　やっぱ、話がわかりますね」

「で、いつ来るの？」

「いきなり今日では、無理ですよね？」

「そ、そうね、娘にも事情を話さなきゃいけないし」

「それじゃ、今日のところはカプセルホテルに泊まって、明日の土曜、午後一でうかがいますよ」

「午後ね……わかったわ」

「すみません！　お手数をかけますが、住所はメールで送っといてくださいね」

「わかったわ……ところで、例の不倫の件はどうなったの？」

「あ、ええ、一昨日、写真と動画を匿名で送りつけておきました。今頃は、青い顔をしていると思いますよ」

「そう、それならいいわ」

「それでは明日、よろしくお願いします！」

太一は頭を深々と下げ、ニコニコ顔で出入り口に向かう。

退出する際に投げキッスをし、貴和子は口元をひくつかせた。

（はああっ、あの子と一週間の同居か……まさか、そのまま居つく気じゃないでしょうね）

苦笑してから書類に目を落とすも、そわそわして気持ちが落ち着かない。

もちろん娘がそばにいる状況でいかがわしい行為をするつもりはないが、彼との情熱的かつ倒錯的なプレイを思いだすと、愛欲の炎が揺らめいてしまう。

子宮の奥まで疼きだし、気がつくと、熟女は甘い期待に胸を弾ませていた。

2

翌日の土曜、太一は身の回りの荷物だけを営業車に乗せ、貴和子の自宅に向かった。

場所はI地区にあり、地元では高級住宅地として知られる場所だ。

(なんといっても、社長だからな……とはいえ、まさかこの地区とは思わなかったよ)

どんな家に住んでいるのか、そして同居のあいだに男女の関係を結べるのか、胸の高鳴りを抑えられない。とうとうセックスで絶頂まで導き、彼女がメロメロの状態なのは間違いないのだ。

(高校生の娘がいるそばでエッチなんて、これまた最高のシチュエーションじゃないか)

海綿体に熱い血潮が流れこみ、ジーンズの下のペニスが早くものたうつ。

太一の顔は、終始緩みっぱなしだった。

「えっと、確か……このあたりだと思うけど……あっ、まさか」

白亜の建物が視界に入り、目が点になる。

二階建ての家はやたら大きく見え、遠目からは洒落た博物館を思わせた。

ヨーロピアン調の漆黒の門扉、広そうな庭に手入れのされた植林、玄関口まで続く石畳の通路と、まさに豪邸という表現がぴったりの住まいだ。

「ほえぇ、こりゃ、たまげたな……うちの会社って、そんなに儲《もう》かってんだ」

貴和子と結婚したら、この家に住むことになるのだろうか。

(いや、それは、まだ先の話か……娘さんが高校生じゃな)

門扉の手前で車を停め、スマホで美熟女に連絡を入れる。

「あ、ぼくです。ただいま到着しました」

『そう、ちょっと待って、今、車庫の扉を開けるから。車は、空いてるスペースに停めてくれればいいわ』

「了解です」

二十メートルほど先にあるシャッターが自動で上がり、太一は口をあんぐり開けた。

『駐車場の奥の扉から入ってきて……あ、扉の横にボタンがあるから、シャッターは下ろしといてね』

「わ、わかりました」

電話を切り、車を発進させれば、今度はベンツと高級国産車が目に入り、もはや言葉が出てこない。

(車を三台も停められるなんて、おったまげたな)

バックで車庫入れし、荷物とスーツハンガーを手に車から降りる。そして指示どおりに奥に向かい、シャッターボタンを押してから扉を開けた。

「お、おおっ」

美しい芝生《しばふ》に灌木林《かんぼくりん》やアジサイの花が目に映え、自然と心が躍りだす。玄関口の反対側はオープンテラスなのか、白い丸テーブルと椅子が置かれていた。

(あの大きな窓の奥が、リビングなのかな? すごすぎて、開いた口が塞がらないよ)

これだけの邸宅だからこそ、同居の願いを聞きいれてくれたのかもしれない。

小さな家なら、とてもではないが拒否するしかなかったろう。

(この大きさだと、部屋はいくつあるんだよ)

感嘆の溜め息を洩らしつつ、重厚な造りの玄関扉に歩み寄る。やや緊張の面持ちでインターホンを鳴らすと、すぐさま内鍵が外され、扉が音もなく開いた。

「あ、しゃ、社長」

Vネックのチュニックに白のコットンパンツの出で立ちは、どこから見ても有閑マダムを思わせる。パリッとしたスーツ姿しか知らない太一は、惚《ほう》けた表情で清廉な女性を注視した。

(凛とした社長もいいけど、仕事をしてないときの姿もいいな)

柔和な顔つきに安息感にも似た気持ちが芽生え、美熟女にますます想いを募らせる。

「早かったのね」

「え、は、はい……道が、けっこう空《す》いてて」

「荷物は、それだけ？」

「は、はい、今のところは……」

「さ、お入んなさい」

「し、失礼します。あ、あの、これおみやげです」

手にしていた紙袋を手渡せば、貴和子はクスリと笑う。

「どうしたの？」

「な、何がです？」

「妙にしゃちほこばって……いつものあなたらしくないじゃない」

確かに彼女の言うとおり、豪邸を目にしたときから毒気を抜かれている。

それでも美熟女から放たれるエレガントな雰囲気に、牡の淫情は早くもアイドリングを開始しているのだ。

(やべっ……やりたくなってきた)

不埒な性衝動に駆られたものの、娘が在宅している可能性もあるだけに襲いかかるわけにはいかない。

「失礼します」

「今、あなたの泊まる客間を整理してたの。階段脇の廊下の奥にある部屋よ」

「すみません、お手間をかけさせちゃって」

「いいのよ、まだ途中だけど案内するわ。来て」

「はいっ!」

太一は小気味いい返事をし、貴和子のあとに続いた。

「手前にある大きな部屋は、書斎ですか?」

「応接室よ。玄関脇にある扉はトイレ」

今どき、応接室がある家は珍しい。あたりをキョロキョロ見回しながら廊下を突き進み、客間らしき洋間に到着する。反対側にある戸は浴室だろうか。

「お風呂《ふろ》は、ここのを使って」

「社長も……入るんですよね？」

「浴室は二階にもあって、私と娘はいつもそちらを使ってるの」

「……そうですか」

どうやら、入浴シーンを覗き見するチャンスはなさそうだ。

室内には薄いグレーの絨毯が敷かれ、簡素なベッドと大きなハンガーラックだけが置かれていた。

「私の服を掛けていたんだけど、寝室に移したのよ。あ、スーツはハンガーに掛けて」

「す、すみません……ぼくがやるのに」

「家の中、うろうろされたくないから。下着、また盗まれるかもしれないし」

「そ、そんなことしませんよ！」

「あなたの言うことなんて、信用できるもんですか」

手荷物を床に置き、スーツをハンガーに掛けるなか、心外とばかりに唇を尖らせる。

貴和子は一瞥してから部屋の奥に歩を進め、クローゼットの扉を開けた。

布団一式が視界に入り、早足で彼女のもとに向かう。

「さすがに、それはやりますよ」

「いいから、その前にすることがあるんだから」

「へ？」

「ズボンとパンツ、下ろして」

美熟女は振り返りざま言い放ち、呆然と立ち竦む。

来訪早々、いったい何を言いだすのか。

彼女自身も期待を寄せており、まずは一発と考えているのかもしれない。

「そんな……社長、いきなりですか？」

「何を想像してるの？　いいから、早く脱いで」

もしかすると、娘は外出中なのかもしれない。太一は鼻の下を伸ばしたまま、仕方ないといった顔でジーンズのホックを外した。

(よしよし、ここまでメロメロにさせたというわけだな)

予想以上の成果に満足しつつ、紺色の布地をトランクスごと引き下ろせば、快感を待ち侘びるペニスがぷるんと震える。

最初はフェラチオか、それともクンニリングスのおねだりか。

もしかすると、しょっぱなからエッチを要求してくるかもしれない。

ペニスがドクンと脈動した直後、貴和子はなぜか背を向け、クローゼット内の上部にある棚に手を伸ばした。

(な、何だ？)

再び振り向いた彼女の手には、奇妙な物体が握られている。

「あ、あ……」

プラスチック製の透明な代物は、インターネットで目にした記憶がある。

まごうことなき、男性用の貞操帯だった。

「う、嘘でしょ？」

「嘘なんかじゃないわ。こうでもしなきゃ、安心して寝られないでしょ？　年頃の娘だって、いるんだから」

「い、いつ、仕入れたんですか？」

「昨日、あなたが部屋を出ていったあと、ネットで注文したの。スピード配達でさっき届いたばかり、間に合ってよかったわ」

「そんなぁ……」

後ずさりしつつ股間を隠すも、美熟女はにっこりしながら間合いを詰める。

「いいから、おチ×チン出して」

「……ああ」

さすがは、聡明な女社長。泊まることは認めたものの、野獣を檻《おり》の中に閉じこめる方法をしっかり考えていたのだ。

手を股間から離すと、貴和子は貞操帯をペニスに嵌めこみ、小さな南京錠《ナンキンじょう》を取りつけた。

「説明書を読んだら、入浴も可能らしいわ。安心して、朝になったら外してあげるから」

「ま、まだ昼過ぎですよ……明日の朝まで、この状態っすか？」

「今日は夕方に買い物へ行くから、今のうちにつけておくの。私の目の届かないところで何するか、わからないでしょ？」

鍵をかける金属音が響き、背筋がひんやりする。

「これでオーケーね……寝床はセッティングしておくから、ちょっとリビングで待っててくれる？　娘を紹介するから」

「わ、わかりました」

「リビングは、応接室の反対側よ」

「……はい」

項垂れたままジーンズを引きあげ、ゆったりした足取りで客間をあとにする。

(考えが、甘かった。でも……)

野々村家に滞在する予定は、一週間もあるのだ。

おそらく、貴和子のほうから誘いをかけてくる機会があるのではないか。

(うん、絶対にそうだよ！　彼女は女盛りなんだから、我慢できるわけないさ。娘さんがいなければ、すぐにでも迫ってきたんじゃないかな？)

太一は気持ちを切り替え、指示されたリビングに向かった。

下腹部の違和感は拭えないが、痛みはなく、普通に生活するには何の支障もなさそうだ。

貞操帯の形状が蛇口のように下を向いているので、勃起した際は苦痛を伴うことになるかもしれないが……。

(会社に行くときは、もちろん外してくれるんだよな。まさか、社内で抜いとけってことじゃないだろうな……冗談じゃないぞ)

ぶつぶつ文句を言いながらリビングに入ると、太一はまたもや目を丸くした。

（ひ、広い……いったい、何帖《じょう》あるんだよ）

明るい照明の下には清潔感いっぱいのアイランドキッチンとテーブルセット、左方向に視線を振れば、L字形のソファと大画面テレビが設置され、大きな窓の向こう側には先ほど目にしたオープンテラスが見て取れた。

（ここまで豪勢だと、もう二の句が継げないな）

椅子に腰かけ、小さな吐息を洩らす。貴和子は離婚したあと、女手ひとつで娘を育てながら仕事で成功を収めたのだ。

自分がひどく矮小《わいしょう》な人間に見え、柄にもなく恥じ入る。

（社長が厳しいのもわかるよな。俺も、もっとがんばらないと）

闘志を燃やしたところで階段を駆け下りてくる音が聞こえ、太一はハッとして身構えた。

こちらの存在に気づいたのだろう、娘と思《おぼ》しき女性がリビングの前で立ち止まり、さりげなく視線を向ける。

「……あぁ」

二人の口から驚きの声が放たれ、時間の流れがピタリと止まった。

出入り口に佇む女性は、紛れもなく優菜だったのである。

「た、太一さん……どうして？」

「ゆ、優菜ちゃんこそ、まさか、社長の娘って……」

「マ、ママは？」

「きゃ、客間にいるよ」

優菜は廊下の奥を見やったあと、リビング内に足を踏み入れ、太一は呆然とした表情で椅子から立ちあがった。

仰天の出来事に動悸が治まらず、状況が少しも把握できない。

「びっくりした、太一さんがママの会社で働いてたなんて」

「君こそ、社長の娘さんなの？」

「……うん」

優菜と相対したとき、他人のように思えなかったのは貴和子と顔立ちが似ていたからなのだ。アルコールに弱い体質も、遺伝なのだろう。

それにしても、なぜ彼女は女子大生と偽ったのか。

「二十一歳じゃ……ないんだ？」

「ホントは……十七」

「ゼミの論文は？」

「ごめんなさい……あれ、実は中間テストのことだったの」

「そ、そうなんだ」

何にしても、未成年の女の子と肉の契りを交わし、しかも相手は社長の一人娘なのだ。甘い期待はガラガラと音を立てて崩れ、戦慄を覚えるほどの窮地に取って代わった。

(や、やばい、やばいぞ……社長にばれたら、殺されるかも)

予定を変更し、このまま家を出ていくべきか。

いや、貞操帯の鍵は貴和子が所持しており、自分では外せないのだ。

(ど、どうしたら、いいんだよ?)

ひたすらうろたえると、優菜は囁《ささや》き声で問いかけた。

「ママから話は聞いたわ、配水管が壊れて部屋が水浸しになったって。一週間、泊まってくんでしょ?」

「え、いや、あの……」

「私、これから友だちと会わなきゃいけないの。ママに、そう伝えといてくれる? 詳しい事情は、帰ってきてから話すから」

「あ、ちょっ……」

彼女は言いたいことだけを告げ、踵《きびす》を返して玄関口に向かう。そして、慌ただしく外に出ていった。

(マ、マジかよ、大人っぽいから、女子高生なんて気がつかなかった……そんなことより、娘にはつき合ってる男がいるって言ってたよな？　俺の存在が、ばれてるってことじゃないか？)

優菜の恋人が実は自分でしたとは、どの口が言えよう。

青白い顔で佇んでいると、貴和子が現れ、背筋に悪寒が走る。

「どうしたの？　ぼんやりして」

「へ？　いや、何でもないです」

「娘を呼びにいってくるわ」

「あ、今、挨拶《あいさつ》しました……友だちと会うから、そう伝えといてくれって」

「え？　あの子！　また私に黙って遊びにいったのね！」

「まあ……そういう年頃ですから、仕方ないですよ」

作り笑いを返すも、心中穏やかではない。

優菜との関係がばれたら、破滅の可能性は限りなく百に近いのだ。

(彼女とはよく話し合って、口裏を合わせておかないと……あぁ、とんでもない

ことになった)

貴和子がブスッとした顔をするなか、太一の心はすっかり曇り空へと変わっていた。

3

その日の午後十一時過ぎ、入浴を済ませた貴和子は姿見の前でうっとりした表情を浮かべた。

(こんなの見たら……飛びかかってくるかしら?)

グロス入りの真っ赤なルージュ、淡いパープルのアイシャドー、チェリーピンクのチーク。総レース仕様のランジェリーは、自社製品の中でもいちばん過激なものだ。

ハーフカップのブラは乳房の半分を晒し、胸の谷間をくっきり刻んでいる。

ショーツは布地面積が異様に小さく、紐状のサイドとTバックは自分の目から見てもセクシーだった。

V字形の細いクロッチは、もはや縦筋を隠しているだけにすぎない。

（こんなの着るの、初めてだわ……いやらしい下着）

真紅の布地を身にまとった姿に胸がドキドキし、子宮の奥がいやでも疼く。

「貞操帯、外してあげなきゃ……かわいそうだもの」

貴和子は言い訳を繕い、薄手のナイトガウンを羽織って寝室をあとにした。

優菜から友人宅に泊まると連絡があったのは夕食を済ませた直後で、いつもなら許さないのだが、女友達を電話口に出させ、男と二人きりでないことを確認してから了承した。

娘の目を気にする必要はなく、当然のことながら貞操帯を装着する意味もなくなったのだ。

四日ぶりの情交に気が昂り、足元が雲の上を歩いているようにおぼつかない。

階段を下りる最中、期待と緊張から今にも胸が張り裂けそうだった。

（この時間なら、あの子もお風呂は済ませたはずよね）

太一は今、何をしているのだろう。彼には優菜が外泊する事実を伝えていないため、性器を覆う拘束具を恨めしげに見下ろしているかもしれない。

階段を下り、音を立てぬように客間に向かう。

深呼吸を繰り返し、震える手で扉をノックすれば、上ずった声が返ってきた。

「私だけど、ちょっと……いいかしら」

「は、はい」

「え、ええ、どうぞ」

ドアをそっと開けると、太一はTシャツと短パン姿でベッドに座っていた。

どうやら湯あがりらしく、顔が微かに上気している。よほどびっくりしたのか、彼は愕然とした表情で立ちあがった。

「しゃ、社長……どうしたんですか？」

「話があって、来たの」

「ま、まずいんじゃないですか？　優菜ちゃん、帰ってきてるんでしょ？」

「それがね……友だちの家に泊まってくるって、連絡があったのよ」

「え、ホントですか？」

「だから、今日は帰ってこないの」

「あ、ああ……よかったぁ」

太一は腰を折り、大きな吐息を洩らす。

「そんなに、よかったの？」

「え？　も、もちろんですよ！　貞操帯、外してもらえるってことでしょ？」

すぐさま目をきらめかせ、鼻息まで荒らげるのだから、なんともわかりやすい男だ。

「色っぽいですよね、その唇……社長も、そのつもりで……」

「勘違いしないで……かわいそうだと思ったから、外しにきただけよ」

「は、外してください。この貞操帯、下向きになってるんで、ちょっとエッチなことを考えただけでチ×ポの根元に痛みが走るんです」

「あら、そう……しばらくは、そのままにしておこうかしら？」

「勘弁してくださいよぉ……こんなの耐えられません」

「ふふっ、わかったわ。じゃ、パンツを脱いで」

太一は待ってましたとばかりに短パンを下着ごと下ろし、恥部を剝きだしにする。貴和子はガウンのポケットから小さな鍵を取りだし、南京錠の鍵穴に差しこんだ。

「さ、これでオーケーよ」

貞操帯を取り外すやいなや、ペニスが膨張しはじめる。

四日前はこの男根で膣の中を搔きまわされ、愉悦の世界に導かれたのだ。あのときの感覚は心と身体に刻まれており、官能のほむらが早くも揺らめいた。

「あの夜から、一回も出してないんです……溜まりに溜まってて、チ×コがもうビンビンですよ」

「……ああっ」

口の中がカラカラに渇き、舌先で唇を物欲しげになぞる。

目をとろんとさせた貴和子は、自らナイトガウンのホックを外した。

薄桃色の布地を肩からすべり落とせば、太一が目を大きく見開く。

「お、おおっ、セクシーランジェリー……社長、色っぽすぎます」

「す、すごいわ……こんなになって」

「あ、くっ」

指を肉胴に絡ませ、ゆっくりしごいただけで、赤褐色の亀頭がこれ以上ないというほど張りつめた。

「はああっ、舐めて……いい?」

「も、もちろんですよ」

腰を落とし、怒張を頬にこすりつけて牡のムスクを嗅ぎまくる。太い青筋がドクドクと脈動し、今では凶悪な棍棒が愛しいとさえ思った。

「むむっ」

裏茎と横べりにソフトなキスを繰り返し、互いの性感を高めていく。

（あぁ、ほしい……おチ×チンがほしいわ）

口を目いっぱい開け、真上から呑みこもうとした刹那、大きな手が頭をグッと摑んだ。

そう簡単には口戯をさせず、また焦らそうというのか。切なげに仰ぎ見ると、太一は顔を横に振り、真剣な表情で口を引き結んでいる。

「どうしたの？」

「……しっ！」

言われるがまま口を閉じれば、玄関口のほうから物音が聞こえ、瞬時にして顔から血の気が引いた。

自宅の合鍵を所有している人間は、優菜しかいない。

（そんな、まさか……泊まってくるんじゃ、なかったの？）

ガウンを手に立ちあがるも、パニック状態に陥り、激しくうろたえる。

いかがわしいランジェリー姿を目にしたら、娘はどんな顔をするだろう。

ましてや部下の男性の部屋に押しかけたのだから、これまで厳しく育ててきた母親としての面子《メンツ》も丸潰《まるつぶ》れだ。

(お、落ち着いて！　きっと、このまま二階に向かうはずだわ)

指一本動かさずに息を潜めるも、なぜか客間に近い廊下がミシッと軋んだ。

(う、嘘……まさか、どうして？)

心臓がドラムロールのように鳴り響き、恐怖心に身が凍りつく。

「や、やばいです……隠れてください」

「え？」

太一は素早くパンツを引きあげ、手首を摑んでクローゼットに突き進んだ。

「とりあえず、この中へ。なんとか、うまく追い返しますから」

「ちょっ、どういうこと？　なぜ、あの子があなたの部屋へ……」

「説明している暇はありません！　さ、早く！」

ガウンを手にしたままクローゼットに押しこまれ、扉が閉められる。

通気口代わりの桟の隙間から様子を見守ると、彼は貞操帯をベッドの下に隠し、落ち着かなそうに肩を揺すった。

やがて部屋の扉がノックされ、胸が締めつけられそうに痛む。

「は、はい」

「あたし……優菜」

「ど、どうしたの？　こんな時間に？」

「入っていい？」

「い、いや、それは……まずいよ」

「どうして？　あとで話すって約束したじゃない」

「だって、お母さんに見つかったら、大変なことになるだろ？」

二人の会話には、どうにも理解できないやり取りがある。あとで話すとは、どういう意味なのだろう。

太一と優菜は、以前から知り合いだったのか。

「入るよ」

「……あっ」

強引に入室した優菜は、周囲を見回してから意外そうな顔をした。

「……ふうん」

「な、何？」

「ひょっとして、ママがいるんじゃないかと思ったんだけど……」

「は……ど、どうして？」

「だって、いくら会社の部下とはいえ、男の人を家に泊まらせるなんてありえないもん。てっきり、できてるのかと思った」

「そ、そんなこと、あるわけないでしょ。社長は部下の窮地を救おうと、善意で誘ってくれたんだよ。それより、友だちの家に泊まるって聞いたけど……」

「だから、それは作戦なの」

「さ、作戦？」

「そっ！　二人が会ってるとこに乗りこんでやろうと計画したわけ」

「なぜ、そんなことを……」

「だって、ママ……私にあれしちゃだめ、これしちゃだめって、干渉がひどいから。ママの弱みを握れば、うるさいことは言われなくなると思ったの」

高校生の娘が、母親にトラップをかけようとは……。

怒りに打ち震えたものの、部下に迫ったのは事実なのだから、大きな顔をすることはできない。

「でも、ホントにびっくりした。太一さんが、ママの部下だったなんて」

「え、あ、うん……俺も……心臓が止まるかと思った」

もはや間違いなく、二人は以前から顔見知りの関係だったのだ。

優菜が交際していた男は、太一だったのか。

今度は嫉妬に駆られるも、今はクローゼットの隙間から事の成り行きを見守るしかないのだ。

「ごめんね……女子大生だなんて、嘘ついちゃって。前に、女子高生好きのおじさんにしつこくメッセージを送られたことがあったの。それでアカウントを変えて、プロフィールも女子大生にしたんだ」

「そ、そうだったのか」

どうやら、二人はＳＮＳを通じて知り合ったらしい。

優菜は暇さえあればスマホを見ており、交際相手を捜していたのなら、女子校に通わせた意味がないではないか。

「太一さん、お願いがあるの」

「な、何？」

「ママを誘惑してくれない？」

「えぇぇっ!?」

「ママに恋人ができれば、きっと私への束縛もなくなると思うの」

「いや、で、でも、それは……」

「あれからよく考えたんだけど、あたし、やっぱり太一さんとはつき合えない」

「あ、いや、その話は別の機会、明日にでも……」

太一の顔は汗まみれの状態で、優菜を部屋から追いだそうと必死に見える。

それにしても、常識外れの懇願はあまりにもショッキングだった。

大切な娘を元夫のような浮気男から守りたい一心だったのだが、厳しくしすぎたのかもしれない。

「その代わり……」

「あ、な、何を!?」

優菜はワンピースのファスナーを下ろし、ネイビーブルーの布地を足元にぱさりと落とす。

ブラを外す最中、太一はもちろん、貴和子も唖然としていた。

いくら束縛がいやとはいえ、身体を投げだすほどのこととは思えない。

あの二人は、すでに男女の関係に至っているのではないか。

頭に血が昇ったのも束の間、ショーツが引き下ろされると、美しい肌の輝きに目が釘《くぎ》づけになった。

形のいい乳房、蜂のように引き締まったウエスト、ツンと上を向いた瑞々しいヒップ。流麗なボディラインは、どこから見ても大人の女性としか思えない。

（い、いつの間に……こんな女らしい身体つきになったの？）

娘をじっと見据えるあいだ、太一が後ずさり、ベッドに尻餅をつく。短パンの中心はこんもりしたまま、あらぬ方向に突っ張っていた。

（あのスケベ男！　あとで、とっちめてやるから！）

直前まで性感を高め合っていたとはいえ、なぜはっきりした態度を見せないのか。またもや、よこしまな思いに流されているとしか思えない。

「あンっ、すごい……大きくなって」

「あっ、いや、これは……あ、ちょっ！　だめ、だめだよ」

優菜は太一の前でしゃがみこみ、パンツを強引に下ろしはじめる。怒張がビンと跳ねあがり、前触れの液が粘り気の強い透明な糸を引いた。

「……ああああっ！」

「やだ、もう出てる……どうも様子が変だと思ったら、太一さん、オナニーの途中だったの？」

「いや、あはっ、あははっ」

笑ってごまかす状況ではないはずで、拳を握りしめてハラハラする。

「相変わらず、大きいのね……おチ×チン、たっぷりしゃぶってあげる」

「あ、それは……おほっ！」

優菜の口から放たれる淫語とはしたない振る舞いに、もはや開いた口が塞がらない。扉の向こうにいる女の子は、本当に我が娘なのか。

細い指が肉幹に巻きつき、舌先が縫い目のあたりをチロチロとなぞった。

(あぁ、いや、やめなさい)

本来なら自分がおしゃぶりしていたはずなのに、とんびに油揚げをさらわれた心境だ。彼らは貴和子の潜む場所から真横に位置し、淫らな光景がはっきり見て取れた。

「ふぅン……すごい、もうビンビン」

「ああ、優菜ちゃん、だめ、だめだよ」

太一は拒絶しているが、大股を開き、目をとろんとさせる。自然と目が吊りあがり、貴和子は不実な男に射抜くような視線を注いだ。

(まさか、最後までする気じゃないでしょうね)

いざとなれば、飛びだして二人のあいだに割って入るしかない。

(できれば、避けたいけど……あっ、やっ！)

優菜は片キンに吸いつき、頬をぺこんとへこませた。吸引力を上げたのか、陰嚢が口の中に吸いこまれ、太一が天を仰いで咆哮《ほうこう》する。

「あ、おおおっ！」

くちゅくちゅと卑猥な音が洩れ聞こえ、口唇の端から涎が滴り落ちる。

どうやら、睾丸への刺激はかなりの快楽を与えるらしい。彼女はもう片方の肉玉にも同様の手順を踏み、唾液でとろとろになった皺袋を吐きだした。

「ふふっ、気持ちいい？」

「あ、ああ、き、気持ちいいよ」

「ママのこと、誘惑してくれる？」

「いや、それは……あ、ほおぉぉぉっ！」

優菜は怒張を真上からがっぽり咥えこみ、しょっぱなから猛烈な勢いで顔を打ち振った。

さらには首を螺旋《らせん》状に振り、スクリュー状の刺激まで吹きこむ。

ぎゅぽっ、ぎゅぽっ、ぎゅぷっ、ぐぷぷぷぷぅぅっ！

けたたましい吸茎音が室内に轟き、太一の太腿が激しくひくついた。

（あの子ったら、なんてテクニックを……）

いかがわしい口戯を目にした限り、娘がバージンとはとても思えず、貞操を奪ったのが太一なら絶対に許せない。

（クビよ、クビにしてやるから！）

燃えるような目を向けたところで、優菜は剛槍をちゅぽんと吐きだし、上目遣いに微笑《ほほえ》んだ。

「あたしのお願い、聞いてくれる？　聞いてくれたら、もっと気持ちいいことしてあげるんだけどな」

「あ、あ、あ……あっ！　何をっ!?」

真っ白な裸体がふわりと浮きあがり、ベッドが大きく軋む。太一が仰向けに倒れこむや、娘はあろうことか彼の身体を大きく跨いだ。

「うおっ！」

貴和子も声をあげそうになったが、なんとか堪えて目を見開く。優菜は太一の頭を鷲摑みにし、口元に乙女のVゾーンを押しつけた。

（あ、あの子ったら、なんていやらしいことを……）

柳腰がくなくなと揺れ、プリンとしたヒップが軽くグラインドする。

「む、むむっ」

「あ、はあぁあン、やぁあぁっ」

舌がホットポイントをいらっているのか、優菜の顔が愉悦に歪み、子犬のような泣き声が鼓膜を突き刺した。

「あンっ、だめ、そんなに舌を動かしたら……あっ、ふぅぅぅンっ」

室内が桃色の空気に包まれ、次第に自分がされている錯覚に陥る。

彼女が帰宅する寸前まで、貴和子もまた、性感を極限まで高めていたのだ。

クローゼットの中は自身の体温が呼び水となり、サウナのように蒸し暑い。

背徳のクンニリングスに女芯が疼き、やがて意識が朦朧としだす。

貴和子の手は、知らずしらずのうちにショーツの上縁から忍びこんだ。

関係を結んだ男と愛する娘の痴態を見ながら自慰をする母親が、いったいどこにいるのか。

(はあはあ、あぁ、だめっ)

自制心を働かせようにも、指の動きは止まらず、肉粒を撫でつけただけで強大な快感電流が身を焦がす。

(ひぃう！)

さらに指先をスライドさせれば、秘割れからおびただしい量の恥液が溢れこぼれた。

（はあはあっ……すぐに……イッちゃいそう）

たび重なる太一との交情で、性感が以前より発達したらしい。精神が掻きむしられるほどの欲求を覚えるのは初めてのことだ。

ぐちゅぐちゅと、デリケートゾーンから淫靡な抽送音が鳴り響く。神経の一本一本が快楽に染められ、熱い火柱が背筋を走り抜ける。

（あっ、イクっ、イクっ）

クリットを押しひしゃげた瞬間、貴和子は顎を突きあげ、白い光の中に飛びこんでいった。

4

（ああ、これじゃ、もうどうしようもないよ！）

まさか、優菜が帰宅して部屋を訪れるとは思ってもいなかった。

しかも強引に押し入ったばかりか、右往左往しているあいだに色仕掛けで迫られ、正常な判断能力がいっぺんに吹き飛んだ。

顔面騎乗でクンニを強要され、ムワッとした発情臭に牡の本能がいやでも奮い立つ。

この状況を、貴和子はどんな思いで見ているのだろう。以前からの顔見知りはもちろん、ただならぬ間柄であることにも気づいているはずだ。

(や、やばい、殺される！　最後の一線は何としてでも回避して、いざとなれば、社長との関係を告白するしかないかも！)

それにしても、優菜の心変わりには驚いた。

会えなかった半月ほどのあいだに、いったい何があったのか。交際を断られたショックよりも、そちらのほうが気になる。

(今はそんなこと、考えてる場合じゃない……早くやめさせないと)

口が女肉で塞がれているため、説得しようにも言葉を発せない。美少女は恥骨を激しく前後させ、太一はただ低い呻き声を放つばかりだった。

「う、ううン、うう、むむぅっ」

「はあはあ、やぁン……気持ちよくなってきちゃった」

息苦しさに身悶える頃、ようやくヒップが浮き、ぜいぜいと大きな息をつく。

新鮮な空気を肺いっぱいに吸いこんだ瞬間、亀頭冠が温かいぬめりに包まれ、ギョッとして頭を起こした。

優菜が腰を跨ぎ、肉刀の切っ先を淫裂にあてがったのだ。

（あ、あ、だめ……だめだ）

懸命に息を整える最中、クローゼットの方角から物音が聞こえ、肩をビクンと震わせる。

「え……な、何？」

まさに、挿入寸前。美少女は視線を横に振り、身を強ばらせた。

「なんか、音がしなかった？」

「はあふうはあ、あぁ……」

優菜が怪訝な顔で床に下り立ち、恐るおそるクローゼットに歩み寄る。

母親がランジェリー姿で潜んでいたら、さぞかしびっくりするだろう。貴和子のほうも、恥ずかしさでいたたまれないのではないか。

もはや、彼女との関係を正直に告げるしかない。

「あ、ま、待って！　実は……」

時すでに遅し。優菜は扉を開けてしまい、室内の空気がピンと張りつめた。

（……あっ!?）

想定外の光景に仰天し、跳ね起きて目を剝く。貴和子はクローゼットの床にしゃがみこみ、虚ろな表情で壁に寄りかかっていた。

ショッキングなシーンの連続に、心が壊れてしまったのか。

「……マ、ママっ」

優菜も同じ気持ちだったのか、口に手を当てて立ち竦む。

よろめきながら近づいた瞬間、太一はある異変に気づいた。

貴和子の身体は大量の汗でぬらつき、目元がねっとり紅潮している。右手はショーツの中に入れたまま、明らかに自慰に耽っていたとしか思えなかった。

（しゃ、社長が……娘の破廉恥な姿を見てオナニーするなんて）

熟れ盛りの女性は、性に対してそれほど貪欲《どんよく》なのか。数々の背徳的かつ倒錯的なプレイが、彼女の高潔さを完全に奪ったのかもしれない。

とはいえ、冷静さを取り戻せば、悲嘆に暮れるのは火を見るより明らかだ。

（こうなれば……もう破れかぶれだ）

太一は優菜の横に並ぶと、申し訳なさそうに心情を吐露した。

「親子だと知らなかったとはいえ、俺のほうこそ謝らないと……実は、社長と結婚を前提につき合ってるんだ」

「……え？」

「まだ、了承はもらってないけど……」

「う、嘘でしょ？」

「ホントだよ、社長がここにいるのが証拠だろ？」

Tシャツを脱ぎ捨て、貴和子の目の前に怒張を突きだす。

「あ、ああ……」

絶頂の余韻から正常な思考が働かないのか、熟女は男根を握りしめ、飢えた牝犬のようにしゃぶりついた。

「あっ、ンっ、ふっ、ン、はあぁっ」

先端から雁首、肉胴の横べりから根元まで、愛おしげに唇と舌を戯れさせる。そして口中に招き入れ、がっぽがっぽと舐めしゃぶった。

「マ、ママ……」

淫蕩《いんとう》な母親の浅ましい姿に度肝を抜かれたのか、優菜は信じられないといった様子で呟く。

SMや露出と、過激なプレイを楽しんできたが、まさか娘に披露することになろうとは思ってもいなかった。

加虐性愛が満たされ、次第に昂奮の坩堝《るつぼ》と化していく。

獣欲モードに突入した太一は、貴和子をクローゼットから引っ張りだし、絨毯の上へ仰向けに寝かせた。

「すごい……パンティのクロッチが愛液でぐしょぐしょだ」

ショーツの船底を脇にずらせば、すっかり開花した女の園が剝きだしになる。

肥厚した陰唇はぱっくり割れ、じゅくじゅくの膣肉の狭間からとろみの強い粘液が滾々《こんこん》と溢れでていた。

「あ、ンふっ！」

右手の中指と薬指を膣口に突き刺し、猛烈な勢いで腕を振りたくる。

媚肉はすっかりこなれており、抵抗やひりつきはいっさいない。

膣天井のしこりをこすりたてると、豊かな腰をくねらせ、恥裂から透明な液体がピュッピュッとほとばしった。

「いやぁあぁっ」

「あ、ああっ」

優菜は真横に佇ずんだまま、掠れた声をあげる。長い足を震わせるばかりで、部屋から逃げだす素振りすら見せなかった。

（娘の前で母親をやるなんて……こんな機会は二度とないかも。ええい、このま

ま挿れちまえ)

指を膣から抜き取り、滾る牡の肉を握りしめる。パンパンに膨れた宝冠部を女肉に押し当て、腰を一気に繰りだす。

雁首がとば口をくぐり抜けるや、男根はぬちゃっという音を立てて膣道を突き進んだ。

(うおっ……き、気持ちいいっ)

根元まで埋めこんだところで気合を入れ、トップスピードのピストンで膣肉を掘り起こす。

とろとろの粘膜が胴体に絡みつくと同時に、裏返った声が室内に轟いた。

「ンっ、やっ、ひっ、くふっ、あ、はあぁぁあぁっ!」

突けば突くほど快感が増し、ふたつの肉玉が吊りあがる。コリコリした恥骨の感触を堪能しつつ、陰核を削り取るように下から上へ腰をしゃくる。

さらにはウエストを抱えあげ、結合を深めてから雄々しい波動を打ちこんだ。

「ふあっ、やはっ、おはっ、ひゃうっ、ンふぁあぁっ!」

貴和子は絨毯に爪を立て、顔を左右に打ち振る。ほつれ毛が頬に張りつき、玉のような汗の粒が肌にびっしり浮かぶ。

スライドのたびに下腹部から濃厚な淫臭が立ちのぼり、ずちゅんずちゅんと卑猥な破裂音が響き渡った。

「やっ……やぁっ」

優菜は消え入りそうな声をあげたあと、股のあいだに両手を差し入れ、女座りの体勢から床にぺたんとしゃがみこんだ。

接合部は丸見えのはずで、湿った吐息と熱気が頬をすり抜ける。

「ああ、太一さん！」

「おおっ」

娘のほうも感極まったのか、しがみつきざま唇に貪りついてきた。

（こ、こりゃ、親子どんぶり、いけるんじゃないか！）

千載一遇のチャンスとばかりに、右手を優菜の股ぐらに差し入れ、肉の突起を掻きくじる。

娘の花園も愛蜜にぬめりかえり、床に滴るほどの凄まじさだ。

「あぁン、やぁン、だめっ、だめぇっ」

甘い声音を聞きながら、太一は母親の肉洞を刺し貫き、渾身のグラインドで抉りまわした。

「ッひぃぃン、イッ、ンんっ！　イグっ、イグっ、お、おおぉぉおっ！」

媚肉が収縮を開始し、貴和子がアルトボイスで絶頂を訴える。

やがて成熟の肉体がブリッジ状に反り返り、うねる膣襞が男根をギューギューに引き絞った。

「ぐふっ！」

汗がしぶき、まばゆいほどの快美が股間から脳天を突き抜ける。

(ここで……イクわけには……いかないぞ)

射精欲求を堪えた太一は膣からペニスを抜き取り、優菜を強引に押し倒した。

「あぁン」

「はあはあ……後ろを向いて、お尻を突きだして」

無理やり四つん這いにさせ、小振りなヒップを摑んで恥骨を迫りだす。肉槍の穂先は小さな花びらを押し分け、さほどの抵抗なく蜜壺に埋めこまれた。

「お、おおおっ！」

「あ、はあぁあぁぁン！」

ついに、夢の親子どんぶりを叶えたのだ。

男の喜びと達成感に浸りつつ、しゃにむに腰を打ち振る。バチンバチンと肉の打音が鳴り響き、剛直がこれまた甘襞に揉みしごかれた。

「あぁン、いい、いい、おっきい！」

貴和子は陶酔のうねりに身を委ねているのか、目を閉じ、全身を小刻みに痙攣させている。

正気を取り戻さないうちに、男子の本懐を遂げなければ……。

乾坤一擲《けんこんいってき》、太一は若い荒馬のごとく腰を跳ねあげ、鋭い突きをこれでもかと見舞った。

「く、おおおぉぉっ！」

「いっ、ひぃぃぃン！」

紅色の粘膜が捲れあがり、抜き差しのたびに胴体に絡みつく。なだらかな背が白蛇のようにくねり、汗の皮膜が艶やかな光沢を放つ。

「あぁン、やぁぁ、イクっ、イッちゃう！」

「むおっ！」

ラッシュをかければ、甘やかな声が耳朶を打ち、太一はここぞとばかりに亀頭の先端を子宮口に叩きつけた。

「イグっ！　イッグぅぅぅ!!」

アクメに達した優菜は上体を跳ねあげ、貴和子の真横に崩れ落ちる。苛烈な刺激を受けつづけたペニスは真っ赤に膨れ、もはや爆発寸前だ。

太一は二人の身体を大きく跨ぎ、男根を突きだしながら肉胴をしごいた。

「ぬおっ、イクっ……イックっ！」

鈴口から牡のエキスが噴出し、母親の口元から鼻筋を打ちつける。ペニスを横に振り、今度は娘の顔面にぶちまけると、甘美な鈍痛感に腰が蕩けた。

「……ンっ!?」

優菜は顎をピクリと震わせたが、貴和子は何の反応も示さない。

飽くことなき放出を繰り返し、二人の美貌が大量のザーメンにまみれる。

「はあはあ、はぁぁあぁっ」

射精が途切れ、息を大きく吐きだせば、美熟女は目をうっすら開け、精液が垂れ滴るペニスに舌を這わせた。

「お、おおっ」

美少女も切なげな表情でペニスを握り、胴体に柔らかい唇を押しつける。

究極のダブルフェラチオ、お掃除フェラが心を熱く揺さぶった。

(こ、これからも、美人母娘《ははこ》とおいしい思いができるかも……社長との歳の差が

十二、優菜ちゃんとの歳の差も十二。どっちと結婚したって、いいんだもんな）

貴和子にプロポーズしたにもかかわらず、あこぎなスケベ心が夏空の雲のように膨らむ。

酒池肉林の世界に思いを馳せつつ、太一は薄笑いを浮かべながら法悦のど真ん中に旅立った。

エピローグ

「あ、しゃ、社長……く、苦しいです」

「あら、私のお尻に潰されるのが夢だって言ってたじゃない」

次の日の日曜、太一は朝から貴和子に精を絞り取られた。

昨日から何回射精したのか、もはや記憶がなく、まともな思考が働かない。

優菜には友人から紹介された同い年の恋人がおり、その男にバージンを捧げたようだ。

彼氏の浮気から大喧嘩し、当てつけに太一を誘ったらしいのだが、話し合いの末にやり直す決心をしたと聞かされたときは、貴和子ともども呆然とした。

母親としては別れさせたかったのだろうが、あれだけの痴態を見せつけたあとでは説得できるはずもなく、娘への不満をすべて太一にぶつけてきた。

「あなたのせいで、こんなことになったんだからね」

「す、すいません……で、でも、ぼくの社長への愛は不変です」

「ふん、どうだか……心の中ではラッキーだったと思ってんじゃない？」

胸の内を悟られ、ドキリとする。どスケベの変態男だということは、とっくの昔に知られているのだ。

「そんなこと、ありません！　ぼくには社長だけです！　結婚してください!!」

「ごまかされないわよ！　二度と娘に変な気を起こさないよう、とことん搾り取るから」

「あ、あいだを空けないと、もう勃ちませんよ！」

「勃たせるの！」

「あ、ぐううっ！」

バキュームフェラで無理やり勃起させられ、ようやく重たげなヒップが顔面から離れる。彼女は腰を跨ぎ、背面騎乗位の体勢からペニスを膣内に招き入れた。

「ン、ンはああっ」

こなれた柔肉がうねりながら男根を締めつけ、快美に顔を歪める。

貴和子は大股を広げて膝を立て、艶尻をドスンドスンと打ち下ろした。

「あふンっ、ああ、いい、気持ちいいわぁ」

「しゃ、社長……は、激しすぎです……優菜ちゃんに聞こえちゃいますよ」

「今さら、何言ってるの！　全部、見られたのに！　あなたのせいだからね!!」

「あ、おおおっ！」

腰骨が折れそうなピストンに目を白黒させ、奥歯をギリリと噛みしめる。

ヒップを振りまわして快楽を貪る姿は、清廉な貴和子とは別人としか思えない。

そして内に秘めたる欲望を引きだしたのは、他ならぬ自分なのだ。

（よ、喜ぶべきなんだよな。あぁ、でも……）

居候するあいだにどれほどの精を抜かれるのか、大きな不安が高潮のごとく押し寄せる。額に脂汗が滲む頃、ヒップが下腹をバチンバチーンと打ち鳴らした。

「ああっ、いい！　イッちゃう、イッちゃう!!」

「あ、ぐはぁあっ」

「おマ×コ、いいっ!!」

思考がプツリと途切れ、頭の中が白い靄《もや》に包まれる。媚肉が派手な収縮を繰り返し、ペニスをこれでもかと引き絞る。

「あぁ……イクっ、イクぅ」

太一は両足を突っ張らせ、野々村家を訪れてから七回目の精を愛する女性の肉洞にほとばしらせた。

※この作品は、イースト・プレス悦文庫のために書き下ろされました。

イースト・プレス
悦文庫

高慢女社長　艶めく美尻

早瀬真人《はやせまひと》

２０２３年５月22日　第１刷発行

企　画　松村由貴（大航海）

発行人　永田和泉
発行所　株式会社　イースト・プレス
〒１０１－００５１
東京都千代田区神田神保町２－４－７　久月神田ビル
電　話　０３－５２１３－４７００
ＦＡＸ　０３－５２１３－４７０１
https://www.eastpress.co.jp

印刷製本　中央精版印刷株式会社
ブックデザイン　後田泰輔（desmo）

本書の全部または一部を無断で複写することは著作権法上での例外を除き、禁じられています。

乱丁・落丁本は小社あてにお送りください。送料小社負担にてお取替えいたします。

定価はカバーに表示してあります。

© Mahito Hayase 2023, Printed in Japan

ISBN978-4-7816-2200-2 C0193